今夜、消えゆく僕からたったひとりの君へ

畳のえる

STARTS
スターツ出版株式会社

自分なんて、この世界にいなくてもいいと思っていた。
だって私は、姉の劣化コピーだから。
いつだって私は空気みたいな存在だったから。
だけど君に出会って、私は私でいていいと認めてあげることができたんだ。
ずっとそばにいたい。
たとえ、君が君でいられる時間が限られているとしても――。

目次

今夜、消えゆく僕からたったひとりの君へ

第1章　ふたりでひとりの私たち

眠りに就いて

八月二十八日、日曜日。夏休み最終日というのは、長い休みがついに終わってしまう寂しさと、明日から友達に会える嬉しさとが入り混じる複雑な気分になる。

とはいえ、せっかくの休みなので、病院に行った帰り道にコンビニでスナックとジュースを買ってきた。外はジリジリと暑いし、明日に向けて体を休めたい。午後はこれをおやつに動画でも見ながらのんびり過ごそう。

マンションの四階までエレベーターで上がり、「ただいま」と玄関のドアを開ける。リビングに顔を出すと、母親が心配そうな表情で俺に声をかけてきた。

「おかえり」

「ああ、うん、ただいま」

「お茶、冷蔵庫に入ってるよ……朔也」

名前を呼ぶ。俺が俺であることを、確認するかのように。

「……ありがと、後で飲むよ」

「お医者さん、なんて？」

「いつも通りだよ。変化なしって」

「そっか」

彼女の声に幾許かの悲しみが透けて見えて、俺が悪いわけでもないのに申し訳ない気持ちになりながら「じゃあ」と言ってリビングを出る。短い廊下を歩き、自分の部屋に入ってすぐベッドに腰を下ろして、そのままバタリと後ろに倒れ込んだ。

「ふう……」

声になりきらない、大きな溜め息をつく。病院に行って帰ってくるといつもこんな感じだ。一向に治る気配のない状況にやや慣れつつも、リラックスするほどには気は緩まない。

散歩でもしながら帰ってくればよかった。そういえば病院の近くの大きな公園、今日は行かなかったな。竹林もあって、風でわさわさと音を立てて揺れるのが好きだ。今度また行ってみよう。本当はああいう場所で過ごしている時間を記録しておきたいんだけど。

「……あ」

来てしまった。以前と変わらず、来るときはいつだって急だ。公園を想像して、少し心が落ち着いたからかもしれない。

横になっている状態から、さらに体がふわりと浮くような感覚。幽体離脱というのもこんな感じなんだろうか。

ゆっくりと目を瞑って、脳内に広がる空間に意識を集中する。

俺の部屋より広い、薄茶色の床に真っ白な壁の部屋。まったくと言っていいほど物がないから、余計に広く見える。

俺は椅子に座って、なにも置いていない机に向かっている。そこから立ち上がり、一歩一歩後ろに向かって歩いていく。そんな俺と入れ替わりで、机の前にひとりの男子が向かっていった。俺とまったく同じ背丈、同じ顔の彼は、俺をちらと見て「またな」とでも言うかのようにひらひらと右手を動かし、そのまま椅子に座った。

俺はといえば、少し離れたところにある、アクリルでできた水槽のような箱に入る。俺がすっぽり入れるサイズのそのスペースには、ふよふよした感触のゼリーのようなものが敷いてあって、ひんやりして気持ちよかった。

「少ししたら交代だ……」

そう思いながら、俺はその水槽の中で深い眠りに就いた。

劣化コピーの私

「明日から九月とかやばくない？　めっちゃ早い！」

「つーか、今日まで夏休みがよかったわー！」

　教室が一気に騒がしくなる昼休み、みんなそれぞれグループに分かれ、ご飯を食べている。秋に向けてまったく大人しくなる様子を見せない太陽が、窓ガラスを溶かす勢いで南校舎を照らしていた。

　八月二十九日の月曜から二学期が始まり、あっという間に三日目。三十日以上の休みだったから、普通の学校生活に戻るのは時間がかかるだろうと思っていても、高二にもなると復帰にも慣れているのか、案外簡単に戻ってしまう。

　私、明橋優羽（あけはしゆう）も、七月までと同じように、ひとりでお弁当を食べていた。

「ねえ、Pop in Cap（ポッピンキャップ）の新曲聴いた？」

「聴いた！　MVのアニメやばかったよね！」

「ツアーやるんでしょ？　アリーナ行きたいなあ」

「メロックスの配信ライブ、今日だよね？」

「そうそう、久々のゲーム実況だからめっちゃ楽しみ！」

雑談していないと、ご飯を食べ終わるのも早い。たまに「一緒に食べようよ」と声をかけられて食べることもあるけど、自分から積極的に誘うことはなかった。

早々にお弁当箱をしまって、文庫本を開きながら他のグループの話を聞く。窓際から二列目、前から三番目の席だと〝邪魔にならず目立たない場所〟とは言えず、ポーズだけでも本を読んでいないと、友達がいないぼっちの人というレッテルが貼られてしまう。教室で話題にあがっているようなコンテンツに疎いので、いつもこんな形で情報収集している。

もっとも、疎いのは興味がないからではない。こういう話題について誰かと話すことがあるなら、調べてみようという気になる。そうならないのは、私がその必要に迫られていないからで、結局みんなとうまく交わることのできない自分の自信のなさが悪いのだ。

「やっほ、優羽ちゃん」

静かに自身を責めていると、クラスで数少ない友人の鳩辺里沙が話しかけに来てくれた。

「どしたの、里沙ちゃん」

「ううん、あっちの子たちとご飯食べ終わったから遊びに来た」

友人の多い里沙は廊下側のグループを指差す。こげ茶色のショートヘアは前髪が長めだけどかなり梳いていて、おでこと目がバッチリ見える。

「優羽ちゃん、湖山涼火さんの個展、行った？」

「あ、うん、夏休みに行ったよ。宣伝でも使われてたフルーツバスケットの絵、すごくよかった」

「いいなあ、私も行きたいなあ。もうすぐ期間終わりだし」

新進気鋭の画家の話で盛り上がる。里沙とは水彩画や色鉛筆画が好きという共通点があり、こうしてたまに情報交換をしている。自分と趣味が似ている人がクラスにいるのは、話し相手の少ない私にとってはとてもありがたいことだった。

「そういえば、涼火さんが審査員で中高生向けの水彩画コンテストやるでしょ。優羽ちゃんは出したりしないの？」

期待を込めた目で問いかけてきた彼女に、ぶんぶんと右手を振ってみせる。

「いやいや、出さないよ！　ちゃんとした作品まだ描けないし、自分なんかの絵で、そんな」

自分なんか、私なんて。つい口にしてしまう言葉に、里沙は「また言ってる」とばかりに呆れた表情を浮かべる。よくない癖だと知りつつ、なかなか直りそうにない。

話題を変えようとしたとき、近くで聞き慣れた甲高い女子の声が響いた。

「ねえねえ結佳、このふたつの英文、なにが違うか教えてくんない？　五時間目ここ指される予定だったの忘れてたんだよね」

頼み事なのにどこか威張っているようなトーンで女友達に訊いている声の主は、中学一年からの知り合いである中栗香奈だった。綺麗なストレートの金髪に近い茶髪は肩につくくらい伸びていて、星のモチーフのついたヘアゴムで縛っている。オシャレにも音楽にも詳しくて、男女かかわらず友人の多い、クラスの中心人物のひとりだ。

「んっと……こっちは『明日の二十一時は働いているだろう』で……ううん、ちょっと分からないよ」

「もう、困るなあ！」

自分勝手に怒り出す香奈に、結佳は若干戸惑っている様子だ。リーダー格の香奈の取り巻きで、いつでも一緒にいる子分という感じだが、しょっちゅう怒られている。

香奈は他に訊けそうな人がいないかキョロキョロ探していたが、私と目が合うと、がっかりしたように眉を下げて、フンと鼻を鳴らした。

「あーあ、優羽じゃなくて美羽だったらなあ」

その言葉に、質問を受けていた結佳は苦笑する。そして「ちょっと、ストレートすぎだって」と、なんのフォローにもなっていない合いの手を被せた。

そんなふたりになにか言いたげな素振りの里沙を瞬時に目で制し、私はもう一度香奈と顔を合わせる。そして、へらりと笑ってみせた。

「へへ……ね、お姉ちゃんならよかったんだけどね」

　その態度でイジリ甲斐がないと判断したのか、香奈は変なものでも見るかのように私を一瞥し、やがてくるりと向きを変えて教室の前方へと向かう。「ねえ、ここ教えてよ」と他の男子に訊きに行ったようだ。

「もう、優羽ちゃん、あんなこと言われてなにも言い返さないわけ？」

「ん……でもまあ、間違ってないからさ」

　また緩い笑みを浮かべた私に、里沙は口を尖らせた。

　結佳は私のことをよく知らないだろうけど、香奈は知っている。本当に、私じゃなければよかったのにと思う。そうすれば、香奈の助けにもなれただろう。

「あ、忘れてた、三組の子に本貸す約束してたんだ！　またね！」

　昼休みが終わる前に、里沙は慌てて自席に戻り、青い袋を持って廊下へ駆けていく。本を貸す話は本当なんだろうけど。それでも、心のどこかで「ネガティブモードの私と話すのがイヤになったのかな」と不安になる。このモードのときはどんなことでもマイナスに受け取ってしまう。そんな自分がイヤになり、自己嫌悪に襲われながら、五時間目が始まる前の予鈴を聞いて英語の教科書を出した。

「七月に受けた模試が返ってきたから配っていくぞ」

帰りのショートホームルームで担任の柴崎先生が紙の束を取り出した。もともと恰幅がよかったけど、夏休みの間にさらにお腹周りが成長したようで心配になる。

「明橋」

名前を呼ばれて取りに行く。答案と別に一枚の紙がついていて、成績順位と志望校判定が載っていた。

「ううん……」

期待外れな結果に、思わず小声で唸ってしまう。今回初めて志望大学を書くことになっていたから、かなり頑張って勉強したつもりだった。それでも最高点が日本史の七十三点、英語に至っては四十点台だ。校内偏差値も四十五だから、学校でも中の下といったところ。軽い気持ちで、それでもほんの少しの期待を込めながら第一志望に書いた一番近い国立大学の判定欄には、柴崎先生の体型のような【D】という文字が大きく印字されていた。

あんなに頑張ったのに、悔しい。努力が足りなかったんだろうか。運動と勉強も、もっと頑張れば追いつけるだろうか。昼休みの香奈との会話を思い出し、私は答案に溜め息をぶつけた。

放課後、バスでまっすぐ帰る。帰宅部だから自由に過ごせるけど、夕立になるかもという予報だったので寄り道する気にはなれなかった。

「ただい……ま」

玄関を開けてすぐ、自分と同じサイズの靴が並んでいるのを見つけて思わず顔を顰(しか)める。今日みたいな日は、正直あまり会いたくなかったのに。

そのままリビングに向かうと、私と瓜二つの顔の彼女が、ちょうど母親からグラスをもらってアイスティーを飲んでいるところだった。

「優羽、おかえり」

「ただいま、美羽(みう)。今日早かったね」

「うん、部活休みで、ちょうど今帰ってきたところ。やっぱり部活ないと体が楽だね」

ニッと歯を見せて明るく笑う彼女に、私は努めて普段のトーンを意識しながら「そうだよね」と相槌(あいづち)を打った。

双子の姉、明橋美羽。身長も同じ百五十九センチ、黒髪のミディアムヘアに緩いパーマを当てているのも同じで、美羽の方が若干短い程度だ。顔のパーツもまったく一緒だから、祖父母でさえも時折間違えるほど見分けがつかない。

ただ、見た目は私とそっくりなのに、頭の出来はだいぶ違っている。中学の頃は、私がギリギリ下から数えた方が早い順位を取ったテストで、さらりと学年トップを取るような秀才だった。今は、私よりよっぽどレベルの高い県内屈指の私立進学校に通っていて、そこでも成績上位らしい。

さらに、勉強だけじゃなく運動も得意な文武両道の彼女は、陸上部で短距離走やハードル走を得意としていて、県大会に出場するほどの成績を収めている。陸上だけでなく運動全般が得意なので、中学時代も体育祭や球技大会で大活躍だった。

こんな姉を持った私は、いつも比較されていた。「美羽さん、すごいよね」「お姉ちゃんホントになんでもできるね」とどれほど聞いたことだろう。初めは「悪かったね、似てなくて」と冗談めかして反発していたのに、次第に心が摩耗してきて「ね、似てたらよかったなあ」と相槌を打つようになっていった。それは、自分が深く傷つかないための同調であり、彼女に対して深く積もった嫉妬を自覚しすぎないための予防線でもあった。

だって仕方ないじゃないか。自分が美羽に勝てるところなんて、ちょっとだけ絵が得意なことくらい。それだって、絵の具や色鉛筆で塗るのが少し上手だったり、漫画みたいなイラストをさらさら描いたりできるくらいで、賞を獲れるほどじゃないし、美術部の足下にも及ばない。それ以外にあえて褒めるところがあるとすれば、こんな環境で不貞腐れずに登校していることくらいだ、と自嘲したことも一度や二度じゃなかった。

「優羽、最近学校はどう？」

アイスティーの入ったグラスを傾けながら美羽が訊いてくる。普段は部活で帰りが遅く、夕飯どきくらいしか一緒にいないことも多いので、この時間に話すのは久しぶりだ。

「ううん、特になにも。普通だよ。美羽は？」

「ワタシもそんなに変わらないかなあ」

「あら？　美羽、学級委員は忙しくないの？」

彼女の返事に答えたのは母親だった。新しいグラスにアイスティーを注ぎ、私に渡してくれる。

「うん、今のところ大丈夫。もう少しすると文化祭の準備始まるからちょっとバタバタするけどね。優羽のところも文化祭って十月だっけ？」

「そうだよ。二十二日と二十三日」

美羽は、サッと手元のスマホでカレンダーを見ると、ぱあっと明るい表情に変わりパチンと指を鳴らした。

「そっか。うちの文化祭は一週間早いから優羽のにも行けそうね。その二週間後には模試かあ……面倒だなあ」

ぐったりと机に突っ伏した美羽は、突然パッと起き上がる。

「そうだ、お母さん。七月に受けた模試、返ってきたよ」

「あら、志望校書いたって言ってたやつよね？」

そう、と美羽が口にした学校名は、私も第一志望に書いた大学だった。

「A判定だったよ。初めてだったからレベル感分からなかったけど、次は力試しでもう少し難しいところ書いてみようかな」

DとA。あまりにも分かりやすい差が逆におかしくて、笑いそうになってしまう。

同じ顔で、こんなに違うなんて。

「二年が終わる頃にはちゃんと志望校決めないとね」

「はいはい、ちゃんと考えるよ」

面倒くさそうに、でもどこか明るく頷く彼女を見ながら、私は黙ってアイスティーを飲み干した。

分かってる。美羽に、私を傷つける意図なんてまったくない。そう頭では分かっていても、学級委員という単語や進学の話題が出るたびに「それに比べて自分は」という思いで心が萎んでしまう。

学級委員なんてやったこともない。志望校なんてちっとも考えてないし、自分がどこなら受かるのかも分からない。美羽と私は、生きている世界が違うのだと痛感させられる。

「文化祭で思い出した。美羽、秋の大学の学園祭行ってみたら？　お父さんが調べてくれたんだけど、受験生向けの企画でオープンキャンパスやったり受験応援冊子配ってたりしてる大学もあるらしいわよ」

「ううん……考えておくよ。まだ候補も決めてないし」

「そっか。優羽も時間あるなら一緒に行ってみるといいわよ」

「……うん」

母親のやや高い声のトーンで、美羽に期待をかけているのがはっきり分かる。私に対してはそこまででもないことも、ついでのような話の振り方でしっかり伝わった。

よくある〝兄弟姉妹へのやっかみ〟で片付けられそうな話だし、私と同じような思いを抱えている人もたくさんいるだろうけど、双子だとなおさらつらい。見た目が完全に一緒なのに、ここまで差があると、つい「別に自分はいらないのでは」なんてことまで考えてしまう。

「宿題あるから、自分の部屋行くね」

「あ、優羽も上行く？　じゃあワタシも宿題やろうっと！」

ふたり同時にリビングを出て階段を上り、隣同士の部屋に入る。

結局夕立は降らなかったらしい。夕日で鮮やかなオレンジに染まるレースカーテンの上から緑の遮光カーテンを引き、机に座った。

数学の教科書と問題集を開いたものの、大して頭に入ってこない。隣の部屋では、彼女がもっと難しい問題を解いているのだろう。生まれた場所も生まれた時間も同じで、なぜこんなに違うのだろうか。先に生まれればなにか変わっただろうか。順番は今のままでもいいから能力は逆で生まれたかった。

つまらない〝たられば〟ばかりが棘を持ったまま体の真ん中に渦巻いて、胸が張り裂けそうになる。

「イヤだな……」

口の端から本音が漏れる。姉がではなく、出来の悪い自分自身が。

双子なのに、ふたりなのに、みんな美羽にばかり注目して、まるでこの世界に存在しているのは美羽ひとりのように思えてしまう。くじで言えば私はただのハズレで、美羽の劣化コピーなのだと、そんなどうしようもないことを考える。ハズレなら仕方ない、劣化コピーなら背伸びする必要もない。

中学のときからずっと、気分が落ち込んだときはそんな風にやりすごしてきた。

知らないクラスメイト

「ねえ、ファミレス寄ってかない？　マロンのパフェあるって！」

「いいね、いつもの四人で行こうよ！」

九月初日の放課後、教室でこの後の予定を決め合う声が飛び交う。まだまだ夏は終わらない、と言わんばかりに太陽が熱を放っていて、廊下の窓から吹き込む微風も生暖かかった。

里沙も他のクラスの子と予定があるようで、早々に帰ってしまった。交友範囲の広さを、少しだけ羨ましいと感じる。

「……どうしよっかな」

気が付けば周りに誰もいない机で、帰り支度をしながら誰に聞かせるでもない独り言。ふと昨日の模試のことを思い出してしまい、気分転換に絵を描きに行くかどうか迷い始めた。

靴箱で上履きから靴に履き替えたとき、決意が固まった。正門を出て、バス停に向かう道と反対方向に歩き出す。

駐車場の広いスーパーを過ぎると、青々と木々の茂った緑道が迎えてくれる。風で微かに揺れる枝葉の影を見ながらさらにまっすぐ歩き、信号のない交差点で右折した。こっちには駅もないし繁華街から離れているので、うちの高校の生徒はひとりも見当たらない。

学校から十五分ほど歩いたところで、緩やかな坂道を上っていくと、やがて大きな病院が見えた。目的地はその道向かいにある大きな公園。中平公園という名のこの公園は、かなり広々としている。

子ども向けの遊び場も充実していて、いくつものすべり台がある複合遊具に、網の上を移動する太鼓橋、跨って揺らす動物の乗り物やターザンロープなどが設置されている。その横には芝生のスペースがあり、ボールを蹴っている小学生や簡易テントの中でお菓子を食べている親子の姿が見えた。芝生に隣接するように小さな水路と浅い水場があり、小さい子がびしょ濡れではしゃいでいる。さらにその周囲をぐるっと囲むようにランニングコースが整備されていて、コースの外側を木々や竹林が覆っており、子どもから大人まで憩いの場として利用できる場所だった。

この春に本屋を探していてたまたま見つけた場所で、学校から徒歩十五分と少し歩くものの、予定がないときに時折来ている。

深い赤、ピンク、白と色とりどりに咲いた、比較的開花の早い夏咲きのコスモスが、木陰にあるベンチ前の花壇で気持ちよさそうに揺れていた。

歩いた体を休めるように、遊んでいる子どもたちを眺める。ぼーっとしているはずなのに、つい美羽と小さい頃遊んだことを思い出して今の境遇との差に落ち込み、この呪縛からは容易に逃れられないことを知った。

「よし、描こう」

自分を奮い立たせるように声をあげ、バッグからA4の自由帳とそれより少し大きい下敷き用のコルクボード、芯の柔らかい3Bの鉛筆、三十六色の色鉛筆を取り出す。いつでもこうして描けるように、このセットは常時ファスナー付きの収納ケースに入れていた。

上部でピリピリと紙を切り離せる、縦開きの自由帳から一枚剥がし、下敷きの上に置く。スケッチブックを使う人の方が多いけど、こっちの方がかさばらないので気に入っている。

続いて辺りを見回し、絵にする対象物を決めた。久しぶりに木々や芝生、水路など風景全体を描こうかな。

「…………」

鉛筆を優しく走らせ、下描きをしていく。ただただ無心で描いていると、日常から抜け出して真っ白な紙に吸い込まれるような気分になり、心が落ち着いていく。暑さもさほど気にならなくなるけど、それでもたまに顔の汗を拭かないと紙に落ちそうで怖かった。

四十分ほど経っただろうか。下に芝生、上に生い茂る木々を描いたところで小さく一息ついた。今日は下描きを終えたら帰ろうか、なんて考えていた、そのとき。

「……あれ？」

うちの学校の制服で、見覚えのある男子がランニングコースをゆっくり歩いているのを見かけた。同じクラスの土元朔也君だった。

身長は百七十五センチくらい。眉にかかっている黒髪の間からおでこが若干見えている。大きな目、スッとまっすぐに通った鼻筋、厚すぎず綺麗な形の唇で、抜群のイケメンというわけではないけど端正な顔立ちだ。クラスでは目立つ存在ではないけど、頭がいいし物腰も柔らかいので、彼を慕っている人は多い。クラスの子の話を聞く限り、女子からの人気も結構高いようだ。

そういえば、昨日も香奈に頼まれて英語の訳を教えていたっけ。でも、確かに人当たりのいい性格だけど、私にはどこかみんなと距離を置いているように見えることがある。

このまま歩いてくると、このベンチの後ろを通り過ぎることになる。なにも挨拶しないのも変だと思い、近づいたのを見計らって声をかけることにした。

「あの、土元君、こんにちは」

　すると彼は、驚いたようにビクッと体を震わせて、こちらを見た。

　クラスでは穏やかそうな表情で過ごしているのに、この日は違った。クッと眉を吊り上げ、首の右側をかきながら、怪訝そうに顔を顰めている。

「ああ、明橋か」

　一言だけのその返事に、違和感を覚える。普段の土元君はもっと柔和で、こんな不機嫌そうな言い方をしているのを見たことがないし、なにより女子のことはさん付けで呼んでいる。私も回数は多くないものの、「明橋さん」と呼ばれていたのに。虫の居所が悪いのだろうか。

　少し緊張で固まりつつも、会話が途切れてしまうのも気まずいので話を続ける。

「……土元君、家、この近くなの？」

「いや、近くに用があったんだよ。明橋はこっちなのか？」

「ううん、反対方向だよ。バスで帰ってる。ここ、お気に入りの公園でね」

「ふうん、珍しいな。うちの学校でこっち来るやつ、そんないないだろ」

　やっぱり変だ。こんな粗野な話し方をする人じゃない。イヤなことでもあったのだろうか。それとも、教室では猫を被っていて、こっちが本当の顔なのだろうか。

「じゃあオレ、予定あるから帰るわ。またな」

「あ、うん……また、ね」

なにか怒らせるようなことをしてしまったかな、などと考えているうちに、土元君は足早にその場を去っていった。

一体どうしたというのだろう。教室で見るときとは目つきも雰囲気も異なっていて、まるで別人のよう。

普段の姿とのギャップに戸惑ったものの、公園入口の大きな時計がちょうど十七時になっていることに気付き、私は子どもたちに帰宅を促すチャイムを聞きつつ、下描きに少し描き足してから公園を後にした。

「なあなあ、朔也。今日さ、立石(たていし)の家にゲームしに行かね？　ダイビンググレーサーの新作買ったんだってさ！」

「ホント！　俺もやりたいけど、ちょっと今日は難しいかな」

「ねえ、朔也君さ、藤沢圭(ふじさわけい)君って知り合い？　泉中(いずみ)らしいんだけど」

「圭？　知ってるよ、二年のとき同じクラスだったしね。どしたの？」

翌日、九月二日。休み時間にクラスで土元朔也君を観察してみるが、やはり人当たりがよく、男子にも女子にも優しく話している。昨日のアレはなんだったんだろう。

ひょっとして私がよく似た人を見間違えたのだろうか。いや、それなら私の名前を知っているはずがない。

そのまま観察を続けていると、たまたま近くにいた里沙が、「どしたの？」と不思議そうに私の顔を覗き込んできた。

「なんか珍しいね、優羽ちゃんがクラスメイトのことそんなにジッと見てるの」

「うん、本読む気にならなくてね。あ、あのさ里沙ちゃん、土元君ってどんな人……？」

私の小声の質問を聞いた里沙は、途端に口をクッと曲げて、楽しそうな表情を浮かべた。

「ふうん、そっかそっか、優羽ちゃんにもついにそういう人ができたんだ」

「違うって！　ホントに変な意味じゃないから」

慌てて否定すると、里沙は茶色の前髪を撚りながら「分かった分かった」と微笑む。

思いもよらないところでからかわれ、頬が熱くなった。

「ううん、土元君かあ……頭いいし話し方優しいから、大人しいけど人気だよね。春に他のクラスの女子が片想いしてるって話聞いたことあるなあ」

「だよね、そういうタイプだよね」

昨日会った土元君は不愛想で、女子に好かれるタイプには正直見えなかった。やはり、機嫌が悪かったのか。それとも、本当に私がなにかイヤな思いをさせてしまったのか。

「里沙ちゃん、ありがと、参考になったよ」

「ううん、またなんでも聞いて」

　本当は直接彼に尋ねてみたかったけど、周りにクラスメイトが大勢いる中でこんな話題を出されても困らせてしまうだろうと思い、この場では黙っていることにした。


　その日の放課後、正門を出たところで私は迷っていた。

　またあそこで会えるとは限らない。でも、ひょっとしたら、ひょっとしたら。

　逡巡(しゅんじゅん)した後、決断してアスファルトをトンと強めに踏む。そのまま右——家とは逆方向に進み、スーパーや緑道を通り過ぎていく。気のせいか、昨日より早足になっていた。

　辿(たど)り着いたのは、病院の向かいの中平公園。いつもと同様、たくさんの親子連れや小学生が遊んでいる。すべり台で遊んでいるのは昨日も見かけた親子だろうか。あのおじさんは今日は奥さんとランニングしている。

　昨日も座ったベンチに腰掛け、のどかな風景を眺める。

　もしかしたら、ここでまた彼に会えるのでは、という淡い期待が、私をこの公園へ向かわせた。まだ陽光が明るい中で、近くの竹林が揺れる涼しげな音を聞きながら、土元君がいないかキョロキョロと探す。

「いない、よね」

ふと我に返って恥ずかしくなる。これじゃまるで彼を追い回しているみたいじゃないか。それに確か、近くに用事があってここに来たと言っていた。今日も同じ用事があるかは分からない。

ちょっと気になったくらいで変なことをしてしまった。せっかく来たから少しだけ絵を描いて帰ろう。そう思って、曲がらないようにクリアファイルに入れておいた紙と色鉛筆などが入ったセットを取り出し、太ももの上にコルクボードを置いて、下描きを進める。

うん、石造りの水路もある程度描けたし、そろそろ色を塗っていこう。もっと丁寧に下描きしてもいいけど、別にどこかに出すようなものでもないから、早く色をつけて形にしたい。

黄緑の色鉛筆を持ち、小さい消しゴムで下描きを消しつつ、色鉛筆を寝かせるようにして芝生から塗っていく。一度目は薄く、後で重ね塗りして濃淡をつけていこう。

塗る作業に没入して、あっという間に三十分が経つ。そろそろ休憩しようかと考えていた私の名を、昨日と同じ声が呼んだ。

「あれ、明橋さん？」

「土元君！」

昨日と違い、ランニングコースではなく芝生をゆっくりと散歩していた土元君が、きょとんとした顔でこっちを見ている。私の呼び方も顔つきもクラスにいるときと一緒。でも、ここに私がいることに、かなり驚いているようだ。

私はどう話を切り出していいのか分からず、絵の道具をしまいながら、つい謝罪の言葉を口にする。

「その、昨日、変に話しかけちゃってごめんね……イライラしてたのかな？」

「ん、話しかけるって……学校で？」

「……え？」

彼の返事がおかしい。さっきの表情といい、まるで昨日ここで私と会ったことなどなかったかのような反応だ。

その疑問は、彼の次の質問でさらに深まった。

「明橋さん、家こっちなんだっけ？」

「……ううん。ここお気に入りの公園でね。家は反対方向なんだけど、たまに来るの」

「そっか。俺は今日、用事があってさ」

やっぱりだ。完全に昨日のことを忘れている。いや、そもそも昨日は口調も違っていたし……。

もやもやが消えないので、思い切って訊いてみることにした。

「……ねえ、土元君。私さ、昨日もここに来てて、土元君と会ってるんだよ」

「え……」

瞬間的に、彼の顔が青くなる。しまった、というように小さく口を開けていた。

「中平公園がお気に入りだよってことも、家が反対ってことも、昨日話したの」

「そっか、あのとき会ってたのか……ここまで歩き回ってたなんて……」

土元君は、口元に手を当てながらよく分からない一言を呟(つぶや)く。それを聞いて、脳内でひとつの考えが閃(ひらめ)いた。

「ねえ、土元君って、もしかして双子なの？」

「え？　あ、いや……」

狼狽(ろうばい)して目を泳がせる彼の否定するようなリアクションに、むしろ私の方が困惑した。同じ顔で性格の違うふたり。てっきり、私と同じかと思ったのに。

でも、よくよく考えてみると、双子でもおかしい。土元君に兄弟がいたとして、なぜ私の名前を知っているのか。高二にもなって、五月の会社見学のときに撮影したクラスの集合写真を見せて名前を教えた、ということもないだろう。

「………」

土元君は口に手を当てて考え込み、ふたりの間に沈黙が流れる。随分と真剣な表情を見せていたが、ほどなくしてなにかを決意するように強く息を吐き出した。

「あっ、あっちを見られちゃったら仕方ないね、本当のこと話すよ」

そう話す彼は、どこか晴れ晴れとしている。ずっと黙っていたことをようやく打ち明けられる、というように。

「俺は双子じゃないよ。俺の中にもうひとり、別の人間がいる」

別の人間がいる？　土元君の中に？　え、それって……。

「それって……多重人格……？」

「昔はそういう言い方をしてたみたいだけどね」

土元君は、すべて話すという覚悟の宿った目でまっすぐに私を見る。

「解離性同一性障害。それが俺の病名。昨日明橋さんが会ったのは、もうひとりの俺、土元俊矢ってヤツだよ」

あまりの驚きで、二の句が継げない。解離性同一性障害、という名前は漫画やドラマでも見たことがあったけど、こんなに身近なクラスメイトにいるなんて。

「なん……で？　昔から？」

つい好奇心が顔を覗かせて訊いてしまい、すぐに後悔する。こんなこと、詮索されたくないだろう。

しかし彼はいつもの柔和な表情に戻り、微かな笑みを見せた。

「興味持ってもらえるんだ、嬉しい。ひとりの中にふたりいるなんて、信じてもらえないかもって思ってた」

「そんなこと……」

信じないなんてことはない。だって、私も似たようなものだから。ふたりいるけど、本物は美羽だけで、私は粗悪なコピーだと思うときがあるから。

「大したことない話かもしれないけどさ、聞いてくれる？」

私が黙って頷くと、彼はベンチに座った。左端の私と、右端の土元君。鞄(かばん)を挟んで、ちょうど教室で隣の席に並んでいるくらいの距離になる。

そして、彼はゆっくりと話し始めた。

もうひとりの自分

明橋さんに見られてしまっていて動揺したけど、言い訳できない状況になったことで逆に踏ん切りがついた。彼女にすべて打ち明けると決めて、俺は記憶を遡りながら話していく。

今過去を振り返っても、俺の家はわりと普通の家だったように思う。会社員の父親にパートの母親、子どもは俺ひとり。住宅街で育って、幼稚園から公立の小学校に入る。他の誰かと似たような、どこにでもある家庭だろう。父親が異常なほど教育熱心だった、ということを除けば。

母と大学で知り合った父は研究者を目指していた時期があるらしく、そのせいで小さいうちから遊びの延長としてドリルをやらされた。俺がやりたいと言って色々な習い事もさせてもらえたけど、勉強がしっかりできていることが大前提で、幼稚園のうちから机に向かう習慣がついていた。

ひとりっ子だから兄弟と遊んだりする時間もなく、毎日のように勉強しなさいと言われる日々。年長くらいのときには「父親は自分に多大な期待をかけている」というのがなんとなく分かった。

学区内の小学校に入ってからはその熱は一層加速し、テストのたびに緊張していた。百点を取れば褒めてくれたけど、失敗したときは父親は力に訴えてきた。手の甲を思いっきりつねる、頭をグーで殴るといった暴力は日常茶飯事で、物置きに閉じ込められたのがなによりつらかった。孤独感、空腹、いつ出られるかしれない恐怖、すべてが襲ってきて、いつも我慢できずに過呼吸になるほど泣きながらドアをガンガン叩いていた。

殴る強さは学年が上がるごとに増していき、殴る場所も腕や腹になった。暗い物置きに閉じ込められるのは何歳になっても怖かった。俺は、自分のためではなく、父親に落胆されないように、そして体に痣を作らないために、勉強ができる子でいないといけなかった。

懸命に努力した、つもりだった。母は父親に怯えつつも頻繁に褒めてくれたけど、俺はなにより父の期待に応えなくてはいけないと思いながら問題集に向き合った。

でも小学生低学年の俺はまだ幼くて、「努力すればきっと大丈夫」という単純で純粋な思考しか持っていなかった。

小学三年生の十二月、中学受験へ向けて、進学塾の入塾テストを受けることになった。点数次第で入るクラスが決まる。父親からは特進クラスに入ることを期待されたが、その下の進学クラスにも落ち、一番下の基礎クラスになんとか拾われるという結果に終わった。「絶対に受からなければいけない」「受からなかったらどうなるか」というプレッシャーで頭が真っ白になり、鉛筆を持つ手が震えたあの地獄のような試験は、今でも夢に出ることがある。

結果の通知に、母は慰めてくれたものの、父親は八歳の俺でも分かるほどに怒り狂い、体を何発も殴られた後、そこから一週間は口を利いてくれなかった。あんなにつらい時間があるのだろうか。もう二度と経験したくない。無視されて悲しいとか失敗して悔しいではなく、これから塾のテストで失敗するたびに同じようなことが起こるのか、という恐ろしさが心の中を埋め尽くしていた。

そして四年生になって塾も始まった俺に対し、父親のプレッシャーはさらに大きくなった。

「塾のクラスの編成は来年また見直される」

「ここで頑張れば特進クラスを狙える」

「この一年で挽回できるかどうかでお前の人生が決まる」

そう言われた俺自身も「今度こそ期待に沿える結果を出さないと」と焦っていた。

ただひたすら、父親のための、彼に認めてもらうための、そして殴られないための勉強になっていた。

学校の休み時間も塾のワークをこなし、帰り道に塾に通い、帰宅したら教科書と参考書を開く。それでも点数が伸びなければ母の制止も聞かない父親に叩かれ、罵倒され、閉じ込められた。

次第に俺は、父親と顔を合わせるだけで緊張するようになっていた。少しずつ疲弊してきているのが分かった。心の中にいつも泥のようなものが積もっている気分で、ご飯もおかずもあまり美味しく感じられなくなっていたけど、食べている間だけは勉強のことを忘れられるから食事の時間は好きだった。

そして、やる気はあるはずなのになぜか勉強がしんどくなってきた小学四年生、九歳の十月下旬。土曜日の勉強中に突然眠気のようなものに襲われた俺は、勉強机に向かったまま意識を失った。

しばらくしてフッと意識が戻ったため、寝不足だったかな、と思いながらリビングに行くと、突然父親に怒られた。

「朔也、あんな口の利き方は二度とするなよ。俺はお前のためを思ってやってるんだからな」

「……え？　なんの話？」

「さっきのことだ。次は許さないからな。分かったか！」

記憶にない。変な口調で話した覚えもないし、そもそも父と話していない。ボーッとしていたときになにか上の空で返事をしてしまったのだろうか。そのときは、ただその程度にしか思わなかった。

しかし、それからも同じようなことが何度も起こった。学校では普通に過ごしていたけど、家ではたまに意識がなくなり、気付いたら父親と口喧嘩(くちげんか)している、母親とも覚えのない約束をしている、グラスに注いできたはずの麦茶が空になっている——。

一時的な記憶喪失なのだろうか。これはどうやったら治るのだろうか。

両親に話せず、不安を抱えて過ごす日が続いた。

記憶喪失のカラクリに気付いたのはそこから一ヶ月と少し経った、十二月に入ってすぐの土曜日だった。

机で勉強している最中に、いつものように眠気に襲われるような感覚に陥ったとき、急に脳内にひとつの部屋が浮かんだ。

家と同じ薄茶色の床に、一面真っ白な壁。そこにあるのは、ひとり用の机、椅子と、人が横になれるくらいの縦長の透明な水槽。俺は椅子から立ち上がった状態でいる。見たこともない現実味のない景色に、そこにいる俺自身でさえも明らかに夢の中だろうと理解できた。

不意に、後ろに人の気配を感じる。振り向いた俺は、ハッと息をのんだ。自分に似ている、というより、まったく同じ顔の人間が立っている。髪型も背丈も服も一緒だけど表情はだいぶ違っていて、不機嫌そうというか、怒っているような印象を受けた。

彼は「どいて」という表情で右手をシッシッと動かし、続いて水槽を指差す。どうやらあそこにいろということらしい。夢の中だからなのか、うまく話すこともできず、恐る恐る机を離れると、彼は乱暴に椅子を引いてガタッと音を立てて座った。

水槽に入った俺は、その底面の感触に驚く。なにも入っていないと思っていたのに、透明で柔らかいゼリーのようなものが敷き詰められていた。横になってみると、ひんやり気持ちよく、体に合わせて緩やかに凹んで、寝心地がいい。すぐに心身がリラックスし、微睡(まどろ)んでいく。

しばらく経ち、ハッと気が付いて、真っ白な壁の部屋の中でゆっくり起き上がる。眠っていたらしいが、時計もないのでどのくらい寝ていたか、そもそも何時なのかも分からない。夢の中で眠るなんて、不思議な体験だ。水槽から出ると、椅子に座っていた俺そっくりの彼は、俺が起きたことに気付いたらしく、椅子から立ち上がった。

そして、「交代だぞ」と言わんばかりにこちらを見る。彼とすれ違いながら、再び机の前に立ち、椅子を引いてゆっくりと座った。

「……んんっ」

そこで本当に目が覚める。俺は自分の部屋のベッドに腰を下ろしていた。時計を見ると、眠気に襲われてから大体一時間ほど経っている。この一時間、俺はなにをしていたのだろうか。

廊下を通ってリビングのドアをゆっくりと開ける。父母がバッとこちらを見た。

「あのさ、父さん、母さん。僕、この一時間の間にふたりと話した?」

すると、父親が怪訝そうに俺を凝視する。

「なに言ってるんだお前は。俺が勉強しろと言ったら『放っておけよ』と反抗してきたのを忘れたのか? 口の利き方に気を付けろと何度言えば分かるんだ! さっさと勉強しろ、塾の模擬試験も近いぞ!」

「どうしたの朔也、最近口調が荒いときもあるし、少し変よ」

「いや……うん、ごめん。戻って勉強するよ」

さっきの体験と両親の言動を整理しながら、俺は部屋に戻った。

「……ひょっとして……いや、まさか……」

寝ているわけじゃないのに、自分の記憶がなくなるときがある。その間、俺の体は普通に生活して、誰かと話している。そして、あの夢の中らしき空間にいた、もうひとりの俺。苛立っているような表情のアイツなら、親に対して乱暴な口を利くのも頷ける。

「入れ替わってる……？」

　これが、俺が自分自身の異常に気付いた瞬間だった。

　それからは、毎回意識が落ちるたびに脳内にあの空間が思い浮かぶようになった。
　一、二時間ほどあの俺そっくりなヤツと入れ替わり、俺は水槽の中で眠りに就く。
　そして起きて交代すると意識が戻り、その間の記憶はないけど、確かに現実世界の俺は活動している。そんな経験を何度もした後、学校から貸与されたパソコンで検索したり図書館で本を調べたりして、病気かもしれないという確信が深まっていった。

　十二月の中旬、ついに俺は母親に相談した。

「僕……もうひとりの人格……みたいなものが出てる、と思う」

　母親は若干動揺したものの、比較的冷静に理解しようと努めてくれた。最近の俺がどこかおかしいということは十分に分かっていたからだろう。

　体調不良という名目で学校を休み、中平公園の隣にある大きな病院の心療内科へ。土日に入院して、実際に人格の交代の様子を観察するなどした結果、〝解離性同一性障害〟と診断された。パソコンで調べたときにも出てきた言葉だった。

「お父様の抑圧から解放されるために新しい人格が生み出されたようですね」

　医者からその話を聞いて、妙に納得できた。プレッシャーに負けそうになっていた自分が、父親に抵抗するために生まれたのが彼だった。だからこそ、やや攻撃的な性格になっているのだろう。

俺はもうひとりの彼に〝俊矢〟と名前をつけた。別に名前などつけないでもよかったのだろうけど、両親や医者に説明する際に楽だったし、なにより自分の代わりに父に反抗してくれている相手に幾分かの情があった。〝矢〟の漢字を自分の〝也〟と変えたのは、別人格であるということを表すひとつの確かな差だった。

病気と知った結果、母親が「これ以上父のもとで過ごしたら壊れてしまう」と決意し、五年生のときに両親は離婚した。母親はもともと父親に頭が上がらない状態でいたため彼の暴力を止められずにいたが、俺がこの病気を発症したことで踏ん切りがついたらしい。

住んでいた戸建ては父のものとなり、俺は母と一緒に駅前の安いマンションで新しい生活を始めた。ちなみに、母は離婚後に父と何度か会ったそうで、ストレスで酒量が増えているようだ、と中学三年生のときに聞かされた。

抑圧はなくなり気も楽になったけど、原因である父親がいなくなったのになぜか俊矢は消えずに残ったままだった。医者に訊いてみたが「強い想いがあると残ることがある」と説明されただけで、解決法はないらしい。

こうして俺は、俺の中に生まれた俊矢とふたりでひとりの生活を送ることになった。

定期的に検診を受けることで分かってきたことも多い。

医者によると、俺の人格が交代する要因となるのは大きくふたつのパターンがあるらしい。ひとつはこれまで同様、強いプレッシャーを受けたとき。そしてもうひとつ、逆に自分の部屋などで十分にリラックスしているときも人格交代が起こりやすいとのことだった。父親への対応をすべて俊矢がやっていたことで、逆に俺自身のストレス耐性は弱まっていた。小さなストレスが積み重なり、消化しきれなくなったときも俊矢が出てくるが、それは緊張から解き放たれて気持ちが緩んだときに起こりやすい傾向にある、と説明を受けた。

学校は俺にとって適度な緊張感がある場所らしく、俊矢が出てくることはなかった。その代わり、友人との付き合いはほどほどにし、休日に一緒に遊んだりするのは控えるようにした。仲良くなりすぎるとリラックスして俊矢が出てきてしまい、秘密がバレる恐れがあるので、心を開きすぎないよう適度な距離を取るようにしていた。

そして、交代するときの俺の脳内の動きもはっきり分かった。意識が落ちる瞬間に見えるあの部屋は、まさしく俺の脳内を表していたようだ。中央にあった机はコックピットのようなもので、あそこに座っている人間が表に出る人格になり、もう片方は水槽で休む。

まったく交代しない日もあるけど、大体一日に一回、一時間ほど、俊矢が表に出てくる。人の名前や道具の使い方など基本的な知識は俊矢にも共有されているようで大きなトラブルにはならないけど、俺には俊矢が出ている間の記憶はない。

——この状況にもなんとか適応し、学校の友人や先生にはひとつも秘密を知られないまま、高校二年生まで過ごしてきた。

昨日はちょうど病院の帰りで、検査が終わってリラックスしていたこともあり、会計を待っているタイミングで俊矢が出てきたらしい。まさか俊矢が中平公園に行くなんて思ってもいなかったし、周辺で学生を見ることも少ない夕方のあの公園にクラスメイトが来ることも想像していなかった。

明橋さんには悪いことをしてしまったけど、結果的に初めて親と医者以外に打ち明けられて、なんだか胸の閊えが取れた気がした。

君は君で

　私は土元君の話を、目を丸くしながら聞いていた。

「もういなくなっていいはずなのに、俊矢はずっとここに居ついて俺の人生を分かち合ってるんだよね。もちろん父親と戦うために生まれてきたんだから、嫌いじゃないよ。でも、この先もずっと共存していくのかと思うと、戸惑いもあるし、ちょっと不満もあるかな」

　鼻で短く息を吐く。その低い声や伏し目がちな表情に、隠しがたい本音を感じた。

「明橋さん、どう？　俺が言ったこと、まだ信じてもらえてる？」

「あ……う、うん」

　何度も頷く。彼が嘘を言う理由がないし、嘘と思われそうだと不安になりながら教えてくれた話を私が疑う理由もない。

「ありがと……まあでも、信じてもらえたとしても、変は変だから」

「そんなこと……」

　その自嘲的な笑みには〝他の人とは違う〟という寂しさが映し出されていた。

「変だよね、ふたりいるなんて。ひとりの人間をふたりで分け合ってるわけだから、俺なんか実質的には0.8人くらいの存在じゃないかな。俺と俊矢、どっちかにしろって感じだよね」

「そんなことないよ！」

瞬間、とても大きな声が出た。彼も私のこんな声を初めて聞いたらしく、面食らっている。

「全然変じゃないよ。俊矢君だって、土元君が毎日必死に努力して、それでもどうしようもなくなったから生まれてきたんでしょ？　変じゃないよ、頑張った証なんだから」

本気でそう思った。今の状態は、土元君が望んだことじゃない。期待に応えようとして、逃げ道がなくて、それで結果的に大変なことになっている彼をなにひとつ責める気になれなかった。

「そう、かな。俺、ふたりいるけど……」

「同時にいるわけじゃないもの。今、私の目の前にいるのは土元君でしょ？　だからふたりじゃないよ、ひとりだよ。土元君は土元君だよ」

その言葉に、土元君は目を大きく見開いていく。ほどなくして、くしゃっと顔をほころばせて微笑んだ。

「ありがとう……明橋さんはすごいね、そんな風に受け止めてもらえると思わなかったよ」

「ううん……私も少し似てるし――」

そこまで言いかけて、ハッと次の言葉をのみ込む。しまった、つい余計なことを口走ってしまった。

「似てる？　明橋さんが？」

まいった、どうごまかそう。同じ病気だと勘違いされても困る。なにかうまい逃げ方はあるだろうか。

若干考えたものの、思い直す。特に言い訳しなくていいのかもしれない。私が双子であることは、土元君も聞いたことがあるだろう。それなら、彼が私に話してくれたように、私も彼に打ち明けていいんじゃないか。彼のどこまでも優しい微笑が、そんな気にさせた。

緊張しながら、渇いた口を開く。

「……私に双子の姉がいるって、知ってるよね？」

「あ、うん、聞いたことはあるよ」

「すごく頭いいし、運動もできてね。中学のときから目立ってたんだけど……」

そこから私は、いかに姉が素晴らしい人か、そして自分といかに差があるかを語った。彼女を自慢したいからではなく、自分とのギャップをちゃんと知ってほしかったから。まったく違う人間なんだと、苦笑いしてほしいくらいだった。

「だから、私も似たようなものだなって思ったの。ふたりでひとりって土元君言ってたでしょ？　私もきっと、美羽とふたりでひとり。でも、土元君とは割合が違うかな」

「割合？」

「私の方が0.1か0.2人なんだよきっと。美羽だけが本物で、私はニセモノみたいなものだから、えへへ」

こんな暗くて惨めな話、どうやって締めればいいか分からなくて、頭のてっぺんをかいてごまかす。

土元君を真似て自虐ネタみたいに話してみたけど、通じたかな。苦笑いしてくれるといいな。そしてもし、もしできたら、少しだけでも、私のつらさを分かってもらえたらいいな。

言葉を探すように目をあちこちに動かす土元君を見ながら、沈黙が続く。

反応が怖くて、ギュッと手を握る。

「……よかった」

彼からの第一声は、意外な言葉だった。

「よかったって……なにが？」

「ううん、俺がこういう病気だから、俊矢がいるからこそ、ちゃんと言えることがあるんだなと思ってさ」

　そう言って、土元君は口元をフッと緩める。

「明橋さんはちゃんとひとりだよ、本物だよ。もし明橋さんが言ってくれたように、俺の中にもちゃんとふたりいて、俺と俊矢でそれぞれ独立してるなら、やっぱり君も俺と一緒で、お姉さんとは別の存在だと思うよ」

「あ……りが……と」

　途切れ途切れでお礼を伝える。小声で言えてよかった。大きな声だったら、泣きそうなことがバレていたかもしれない。

　自分ではどうしても、姉とは違うひとりの人間だと思えないのに、彼は肯定してくれた。彼にとっては何気ない一言かもしれないけど、ただただ嬉しい。

「そういえば、ここでなにしてたの？」

　ここまでの話題を終える合図のようにふうっと大きな溜め息をついた彼は、明るいトーンで訊いてくる。

「あ、絵を描いてたの。色鉛筆でここの景色描こうと思って。たまに来るんだ」

「へえ。ねえ、見てもいい？」

「ん、いいけど……」

　まあそうなるだろうなと思いながら、描いた絵を見せる。まだ芝生を塗り終え、木の幹を少し塗っただけで、しかも茶色を重ね塗りする予定だったから色も中途半端なまま。でも、土元君は目を丸くして手を叩いた。

「すごい！　めちゃくちゃうまい！」

「え、でもまだ完成してないけど……」

「色の塗り方が細かくてすごいよ！　ＳＮＳでもたまに色鉛筆ですごく綺麗な絵をアップしてる人がいるでしょ？　それと同じような感じだもん。ねぇ、これ写真撮ってもいい？」

「うん、いいけど……」

そう頷くと、彼は嬉しそうにスマホを横に持ち、光の当たり方を調整しながら幾度もシャッターを押す。

みんなが〝いいね〟をつけるような大作と比べられると照れてしまうものの、ここまでまっすぐに褒められると悪い気はしなかった。

「うわあ、これ完成したら絶対また見せて。絵の具でも描いたりするの？」

「うん、水彩画もやるよ。こういうところでは絵の具使いにくいから家でしかやらないけどね」

「そうなんだ。へぇ、絵が描けるのいいなあ」

何度も頷きながら絵をまじまじと見つめる彼に、今度は私から尋ねてみる。

「絵を描きたいの？」

「ほら、俊矢と分裂しているからさ。なんていうか、〝自分がここで過ごしてた〟ってのを記録したいなと思ってたんだよね。でもスマホの写真だと手軽すぎるから、どうしようかなって迷ってたんだ。そっか、絵か……あ、そうだ！」

記録しておきたいというのは入れ替わってしまう彼にしか分からない感覚だな、などと考えていると、突然土元君がパンと両手を鳴らした。その音を号令にするように、近くにいたすずめがパッと飛び立つ。

「明橋さん、ここでさ、放課後一緒に絵を描いてよ。下描きとか塗り方とか、教えてもらいながら描けたら、結構ちゃんとしたものができあがる気がする」

「ええっ、私が教えるの⁉」

「俺、ちゃんと絵描くのとか美術の授業以外にやったことないからさ。ね、毎日じゃなくて描ける日だけでいいし、明橋さんの作業の邪魔はなるべくしないようにするから、お願い！」

こちらに体を向け、深々とお辞儀する。こんな風に頼まれると断れない。それに、大変な病を抱えている彼に、なにか少しでも手助けになることができるなら……という想いが胸に去来していた。

「……うん、どこまで教えられるか分からないけど、一緒に描こうよ」

「やった！　ありがと、明橋さん。これからよろしく！」

　ガッツポーズをする彼に、私も「よろしくね」と小さく頭を下げる。

　こうして、九月二日の金曜日は、私にとって特別な日になった。クラスメイトの大事な秘密を知った日、そして、私が私でいることをクラスメイトが認めてくれた日でもあった。

第2章　変わっていく先に

私の好きなこと

週が明けて火曜日、九月六日。そろそろ気温も下がってほしいなと念じながら、窓の外で元気に照りつける太陽に目を遣る。

先週金曜日、土元君と公園で別れた後はなにがあるでもなく、夏休み明けの授業のせいで疲れた体を癒やす単調な土日を過ごし、回復した体で雨の月曜日を乗り越えた。

違うことがあるとすれば、ひとつ。

「明橋さん、おはよう」

「あ、おはよう、土元君」

私のふたつ右で、ひとつ前の席に座っている土元君と学校で話すようになった。

挨拶は不思議だ。これまでただのクラスメイトだったのが、少しだけ仲が深まった気がする。でも、私が姉のことで苦しんでいるから土元君なりに気を遣っているだけなのかもしれないとも思い、心が少しザワついた。

「明橋さん、いつも昼休みなんの本読んでるの？」

「ん……なんか、家で母が持ってたアガサ・クリスティーの文庫」

「へえ、ミステリー読むんだ。今度オススメ教えてよ」

「うん、分かった」
休み時間にも話しかけられて、やや動揺しながら答える。「なんで土元と明橋が話してるんだ」と噂されているように思え、周囲のクラスメイトの目も気になって、他の教室に用事があることにして逃げるように教室を出た。

その日の放課後。今日は天気もいいし、特に予定もないので、初めて土元君と中平公園で絵を描くことになっていた。土元君から「職員室に寄らなきゃなんだ、時間かかるかもしれない」と言われたので先に向かったけど、一緒に帰るのを見られたらまた迷惑をかけてしまうかもしれないので、別々でよかったと思う。

学校から歩いて十五分くらい、散歩にはちょうどいい距離にある中平公園。ベンチの前の白い花壇の中では、濃い赤のコスモスが薄い赤のコスモスと寄り添い合って咲いていた。こういう空間でゆったり過ごしていると、ひとりで悩んでザワザワしていた心が少しだけ凪ぐ。自分自身を整えるために大切な場所だった。

スクールバッグに入れて持ってきた画材を出そうとしたところで、土元君が公園の入口から走ってくるのが見えた。
「遅くなってごめんね」
「ううん、大丈夫。ちょうど始めようと思ってたところだったから」

同じベンチに座り、私が右端、土元君が左端に寄る。バッグから一枚ずつ切り離しできる自由帳を出すと、彼も嬉しそうに同じ自由帳を出して見せてくる。

金曜日に別れる前、なにを買えばいいのか訊かれて鉛筆や自由帳などを教えたところ、週末に文具の専門店で私が持っているものとまったく同じものを買ったらしい。

「じゃあ下描きをしていくよ。土元君、なに描きたい？」

「描きたいもの……この前明橋さんが描いてたような風景画は難しいかな？」

「そう……だね、初めてならまずは近くの草花とか、小さなもので練習してみるといいと思うよ」

「そっか、じゃあ……これにするかな」

彼が指したのは、手が届きそうな距離にある花壇の端に一輪だけ離れて咲いている、濃い赤のコスモスだった。

「分かった。じゃあ私も同じの一緒に描いてみるね」

「え、いいの？」

「うん。風景画は少しずつ進めようと思ってたしね」

そう言うと、彼は本当に嬉しそうに「ありがとう」と笑みを浮かべた。

「まずは鉛筆で下描きするよ」

「明橋さん、俺デッサンとか全然できないんだけど……」

「大丈夫だよ、趣味の絵なんだから、ちょっと変でも気にしないでいいよ。あ、でも丁寧に描くのが大事だよ。花壇と手元を交互に見るのが大変なら、写真に撮ってそれ見ながら描いてもいいと思う。あと、あんまり筆圧強いと消しても跡が残っちゃうから気を付けて」

「分かった、描いてみる」

私の話を、切り取ったのとは別の自由帳の一枚にメモした後、彼はジッとコスモスを見つめて下描きを始めた。

花が咲いているのが彼のそばで、私が見ようとすると彼のすぐ隣まで寄らないといけないため、写真に撮ってスマホをコルクボードの紙の横に置き、それを見ながら鉛筆を走らせる。彼も途中からその方が楽だと判断したのか、パシャリと音が聞こえた。

まだ暑さが残る公園でふたり並んで絵を描く。たまに土元君から「影ってどうすればいいの？」なんて質問が来て答える。傍から見たら変な光景かもしれないけど、誰かと一緒でも静かに絵に没頭できる空間は心地いい。

数十分経った頃、土元君が座ったままグッと伸びをしてから口を開いた。

「なんか楽しいね、絵を描くのって。夢中になって進められる感じ」

「そうそう、だから落ち込んだときとかの気分転換にオススメだよ」

確かにね、と相槌を打った彼は、ぱたんと腕を下ろした後ゆっくりと公園を眺める。

「ここの公園いいよね。俺さ、竹の揺れる音が好きなんだ。なんだろう、気持ちが穏やかになるっていうかさ」

「うん、分かる、聞いてて落ち着くよね。あとコスモスも好き。秋ってどうしてもイチョウの黄色とかモミジの朱色のイメージが強いんだけど、こうやって明るい色の花を咲かせるの、素敵だなって思う」

興味深そうに私の話を聞いている土元君。私は、ちょっと喋(しゃべ)りすぎたなと思って話をやめた。

「明橋さん、花が好きなん……あ……」

不意に彼が、グッとおでこを押さえた。そしてベンチの背もたれに寄りかかる。

「土元君、大丈夫？」

「ああ、うん。リラックスして気が抜けてたかな……俊矢が来るよ。多分、一時間もしないで戻ると思うけど」

「え？」

土元君は急いで下描きの紙と鉛筆を片付けると、項垂(うなだ)れるようにしてフッと目を閉じ、そのまま二、三十秒ほど動かなくなる。寝たのかな、と思った矢先、目を開けてグッと上体を起こした。クラスにいたらあまり関わらないようにしたいであろう怖い目つきは、この前公園で会ったときと同じだ。

彼は状況を確認するようにパッパッと周りを見回した後、私の方にじろりと視線を向けた。

「明橋か。この前もここで会ったな」

「うん……俊矢君、だよね？」

「ああ。朔也がそう呼んでるからな」

ぶっきらぼうに答え、深い溜め息とともにスマホを取り出し、ネットのニュースを見始める。

私も静かに手元の絵をバッグにしまった。続きはまた後で描こう。

どうしよう、土元君と違って話しづらいし、なにより彼は私のことを詳しく知っているわけじゃない。なにを喋っていいか分からず、気まずい空気が漂う。

正面では、私たちとはまるで違う雰囲気で、幼稚園生くらいの兄妹がきゃっきゃと追いかけっこをしていた。

五分ほど経っただろうか。急に俊矢君が口を開いた。

「朔也とは仲いいのか？」

「わ、私が？　ううん、特別仲いいってわけじゃないよ、土元君は友達多いしね。でも最近よく土元君の方から話しかけてくれるかな。まあそれも私のこと知ったからかもしれないけど」

「知ったから？」

緊張していたせいか、つい余計なことを口走ってしまった私に、すかさず俊矢君が食いつく。

「いや、あの……私がこの前、出来のいい姉がいるって話したのね」

「それは知ってる」

「え、そうなの？」

なぜ土元君に話したことを俊矢君も知っているのだろうか。俊矢君は土元君の記憶を共有しているのだろうか。

私の疑問を見透かしたように、彼は「後で教えるから」と面倒そうに頷いた。

「それで、姉貴の話がどうしたんだよ」

「うん。土元君、私の話を聞いたから、私に気を遣って話しかけてくれてるのかなって……」

自分で言っていて、心がギュッと縮んで胸が痛くなる。本心ではあるけど、「そんなことないよ」と返してもらうための構ってちゃんな言い方に聞こえることも分かっていた。

なにを言われるんだろう。緊張で握った手の指を擦り合わせる私に、俊矢君は首の右側をかきながらグッと身を乗り出し、睨むようにして私に近づいてきた。

「人の気持ちを勝手に決めんなよ」

「……っ！」

低い声で発した一言に、体がびくっと反応し、心がグッと重くなる。

「お前はなんだ、エスパーなのか？　それとも朔也がお前に向かって気を遣ってるって言ったのか？」

「そういう、わけじゃ……」

「じゃあ思い込むな。朔也の本当の気持ちまでは分からねえけどさ、もし違ってたら朔也に失礼だろ。お前が朔也をそういう人間だと捉えてるってことはアイツにも伝わるんだからな」

「ごめん……そう、だよね」

怒鳴られるかと思ったけど、真剣に叱られたので、少し面食らってしまう。

「まあ別にオレには関係ないんだけどさ」

そのまま俊矢君は、もう一度スマホに目を落とした。

教育のために暴力を振るってきたお父さんに抵抗するために現れた俊矢君は、今も時折こうして出てきて、日々少しずつストレスを溜めている土元君を休ませてあげているのだと聞いた。大事な役割を担っていると思うと感謝したくなるけど、やっぱり土元君とのギャップが大きすぎて戸惑いはある。ただ、さっきの叱責といい、実はそこまで怖い人じゃないのかもしれない。性格も話し方もまったく違うけど、心の奥の部分では土元君と変わらない優しさを感じた。

「さっきの、絵描いてたんだろ？　朔也が頼んだんだよな？」

再び話しかけてきた俊矢君に、私はサッとバッグに目を遣り、視線を彼に戻した。

「うん。土元君が一緒に描こうって誘ってくれたからさ。自分が見てるものを形に残したいんだって」

「そうそう、朔也がそんな希望言うなんて珍しいなと思って。絵なんか高校入って一回も描いてないんじゃないかな。でも、アイツなりに色々考えてるんだな、元気そうでよかった」

小さく頷く。普段ぶっきらぼうな彼の表情が、ほんの少しだけ柔らかく見える。

案外普通に話せるかもしれないと思い、私はさっき気になった疑問をぶつけてみた。

「土元君は俊矢君の行動を覚えてないって言ってたけど、俊矢君は土元君の記憶があるの？」

「ああ、オレはアイツの行動も詳細に把握してるよ。なんでかはよく分かんねえけど。ああ、アイツには言うなよ。オレに監視されてると思うと生活しづらいだろうしな」

私は黙って首を縦に振る。俊矢君は土元君のために出現した人格だから、記憶を全部共有できるのかもしれない。

「といっても、二十四時間ずっと共有してるわけじゃない。横になってる間は本当に寝てんだ。朔也から真っ白な部屋の話聞いてるだろ？　起きて、その部屋の机に座るタイミングでアイツの記憶が同期されるって感じかな。ほら、例えばパソコンでメールのやりとりをした後にスマホのメールアプリを起動すると、スマホの方でも送受信の記録が見られるようになるだろ。あんな感じかな」

「へえ、一瞬で記憶に入ってくるんだね」

「そう。読んだ本の内容とかも入ってくるから、一から読み直さなきゃいけないわけじゃない。でも自分で読んでないから、続きを読みたいって気にはならねえんだよな。『ここでこういう展開になるんだ！』みたいに朔也が驚いた感情は共有されないから、つまんねえし」

なるほど、あくまで知識とか経験だけが俊矢君に入ってくるのか。でも、感情は土元君だけのものなら、やっぱり土元君は俊矢君とは別の人間なんだと思う。

「土元君とは脳内で話したりできないの？」

「ああ、どっちかがよっぽど強く願うことがないと交信は難しいだろうな」

「そうなんだ」

話してお互いのことがもっと分かれば、土元君にとって病気を治したり、共存したりするための助けにもなるかもしれないと思ったけど、そんな簡単なことでもないらしい。

「よし、ちょっと動くかな。ここ歩くの楽しいし」

しばらくすると俊矢君は立ち上がり、ぐるっと公園を散歩し始めた。急になにがあったのかと驚いたものの、俊矢君からしたら自分の意思でここに来ることはできないわけで、先週と同じように歩いてみたかったのだろう。

ジッと竹藪の中を覗き込んだり、柔らかい地面のランニングコースを軽く走ったりした後に、俊矢君はベンチに戻ってきた。

「やっぱり実際に見たり触ってみたりすると違うよな。記憶は共有してんだけどさ」

「そうだよね。私、それが当たり前で過ごしてたけど、俊矢君にとっては珍しいものもたくさんあるもんね」

「いいよな、明橋は。普通に生きられて」

「う……ん……」

あまりにもストレートな言葉になにも返せず、胸が痛む。でも、怒る気にはなれない。だって、俊矢君だけじゃなくて、土元君もきっと普通に生きたかったと思っているはずだから。

「ごめんね、気持ち考えずに失礼なこと言っちゃって」

「そんなこと気にしてんなよ。いいんだよ別に、今回はオレが勝手に揚げ足取るような真似しただけだし。仮に言葉選びミスったとしたって、これから気を付ければいいだけだろ」

「う……ん、ありがとう」

口は悪いし、態度が高圧的に感じるところもあるけど、根っこにある思いやりは土元君と変わらない。やっぱり俊矢君は、土元君から生まれた人格なんだな。

と、俊矢君はグッと上を向き、なにかを思い出す仕草のように右手でこめかみの辺りを押さえた。

「……ん、そろそろっぽいな」

「土元君に替わるの？」

「ああ。またな」

俊矢君はそう呟いて、スッと肩の力を抜く。そして目をゆっくり瞑ると、ほどなくして目を覚ました。表情がガラリと変わっている。これは、土元君だ。

「一時間くらいかな？　アイツに替わってたの」

「そうだね、もう少し短いかな。俊矢君って時間制限みたいなのがあるの？」

「そういうわけじゃないけど、いつもこのくらいだよ。前に主治医さんが言ってたんだけど、もともと俺をプレッシャーから解放するために生まれたから、そんなに長く活動する必要がないんだって。ほら、ストレス発散だって、ある程度すればスッキリするでしょ。二時間もサンドバッグをパンチしてられないじゃん？」

「ふふっ、なんでボクシングなの」

突然シュッシュッと真正面に拳を突き出したのがおかしくて、吹き出してしまう。

土元君といると、気持ちが落ち着く気がする。お互い境遇は違うけど、〝自分〟という存在に迷っている彼のつらさがなんとなく分かって、私が心を許せているからかもしれない。

「そういえば土元君、俊矢君が──」

「あ、それ！」

開いた右手を私の前に出して、彼は私の話を遮る。

「アイツだけ名前呼びで、俺は土元君って変でしょ？」

「あれ、ホントだ」

ずっと土元君呼びだったからそのままだったけど、確かにおかしいかもしれない。

「俺も名前呼びでいいから」

「え、そんな急に呼べないよ」

いきなりの提案にどぎまぎしていると、彼はちょっといたずらっぽい笑みを浮かべてみせた。

「じゃあさ、俺も名前呼びにするから。それならおあいこでしょ？」

「ちょっ、えっ、そっちも！」

思わず大きな声が出てしまった。おあいこなんて、理屈は通っているけど……。

「これから名前呼びでよろしくね……優羽」

「あ……」

最後の響きに、短く息をのむ。名前を呼んでもらえるのがこんなに嬉しいものなんだと、思い出した。自分は明橋優羽だと、美羽じゃないんだと、そう言ってもらえているようで、顔があっという間に熱を持っていくのが分かる。

どうか、赤く染まっているであろう私の頬に、公園全体を染める夕日のせいで気付きませんように。

「ちゃんと俺のことも呼んでね」

「じゃあ……朔也……君」

緊張しながらそう呼ぶと、彼は少しだけ照れくさそうに「はーい」と返事をした。

「あれ、なんの話だっけ？　優羽がなにか話そうとしてたんだよね？」

「うん。俊矢君が朔也、君のこと話してたよって言おうと思って」

スムーズに呼び方を変えた朔也君に対して、私はまだたどたどしい。

「そうなの？　変なこと言ってなかった？」

「ううん、絵描いてるって話になって、朔也君が元気そうでよかったって言ってたよ」

「なんだよそれ、親みたいだな。元気にやってるっての」

そう言って、朔也君は苦笑した。

彼は俊矢君になっている間のことは覚えていないし、〝俊矢君は朔也君の記憶を把握している〟ということも知らない。でも、秘密を知っている私だからこそ、ふたりのコミュニケーションの橋渡しができるのかと思うと、役に立てているようで嬉しかった。

「あとは……いきなり俊矢君に叱られちゃった」

「え、なんで！」

「まあ私が悪いんだけど、初めに向こうから……」

ベンチに並び、どんなやりとりがあったか朔也君に教えると、彼は「優羽に気なんか遣ってないって！」と笑いながら首を振る。ちょっと変わった三人の関係が、なんだか楽しかった。

「で、ここに水槽があるんだ」

「へぇ、じゃ俊矢君も朔也君が出てるときはここで寝てるんだね」

雑談の延長で、朔也君が自由帳を一枚切り取り、脳内に浮かぶ部屋のイメージを鉛筆で描いた。話には聞いていたけど、こんな風に人格が入れ替わっているんだな、と

　改めて驚かされる。

「それにしても、九月なのにまだ暑いね。俺暑いの苦手でさ。すぐバテちゃう」

「そうなんだ、バテてる朔也君って想像つかないなあ」

　話を聞きながら、部屋を描いてもらったページの裏面に、彼が暑さでぐったりして腹ばいで寝そべっているイラストを描く。線状の目にチロリと舌を出す、二頭身の所謂〝ギャグ絵〟だ。ちょっと遊び心で描いただけだけど、それを見た朔也君はグッと私の隣まで近づいてきた。

「うわっ、すごい！　かわいい！」

　ひったくるような勢いで紙を取り、まじまじと見つめる。眉にかかりそうな長さの、ふわっとしたパーマの黒髪も再現していたので、すぐに自身の絵だと分かったようだ。自分がこんな風に描かれるのがよほど面白かったらしい。

「優羽、こんな絵も描けるんだ！」

「うん、たまに遊びでね。小学校の頃はこういうのばっかり描いてたから。まあ、ギャグっぽいイラスト描ける人っていっぱいいるけど」

「たくさんいたって関係ないよ、すごいものはすごいって！　俺の周りにはあんまりいないもん、こういう絵が得意な人。この茄だって舌出してるところがセンスいい！　たくさん描いてきてるのが分かるよ」

「この前の風景画もホントにすごかったけどなあ。ねえ、もう一度見せてよ」

「うん、いいよ」

家でも少しずつ塗り進めている絵をクリアファイルから取り出すと、彼は目を輝かせて「綺麗だなあ！」と小さく叫んだ。美羽と違って普段褒められ慣れてないから、こうして正面切って褒められるのは恥ずかしい。でも、自分の作品を楽しんでもらえるのは素直に幸せなことだった。

「ん……ありがと」

「今度さ、クラスで文化祭の係決めあるでしょ？　俺、広報係に推薦しようかな。ほら、ビラとかポスターとか作るし」

「ええっ、いいよ！　私そういうのガラじゃないから！」

「待てよ、そこで俺も広報係やればいいな。ふたりでやれば、学校でも優羽に描き方教えてもらったりテクニック盗んだりできるし。ちゃんと検討しておいてね」

「んん、どうかなあ」

夕暮れが深まり、影が伸びる。少しずつ朔也君と距離が縮まっている気がする。それがとても嬉しくて、でもこんな風に男子と仲良くなるのは初めてだから勝手が分からなくて、持っている鉛筆をグッと握った。

眠らなければいいのに

「よーし、終わった！」

「久々のテストやばいね、体めっちゃ固まった！　月末の実力テスト大丈夫かなあ」

「一教科だけなのに疲労がやばい！」

九月九日、金曜日。英語の授業で予告されていた長文読解テストが終わり、俺の周りの友人たちはすっかり週末モードだ。

「朔也、できた？」

「ああ、うん。結構できたと思う」

「マジか！　いいなあ」

雑談を交わしながら、テストだというのに随分リラックスしていた自分に気が付く。

小学校の塾ではこうじゃなかった。テストが怖くて仕方がなかった。点数が悪いと、父親にまた殴られるから。俺を失意の目で見るから。

けれど両親が別れてからは、余計な緊張をせずに臨めるようになった。そういう意味では、もちろん父親のいない寂しさもあるけど、俊矢の存在が離婚の契機になったことは今の自分にとってはプラスに働いていると思う。

「みんなでゲーセン行こうって話になってるぜ？　朔也どうする？」

「んー、いいや、今日はちょっと別の予定があってさ」

誘いを断り、鞄を背負う。そして少しだけ後ろに下がって、窓際から二列目、前から三番目の机の前、ポツンと帰り支度をしている彼女のところに、不自然にならないように近づく。

「優羽、今日も行けるよ」

「ありがと、私も」

彼女は、俺以外に聞こえないような声で小さく答えた。

盛夏は過ぎたものの、まだまだ気温は高いし日は長い。眩しいくらいの日差しの中を、いつも帰る駅とは逆方向に歩き、緑道の木々の下を通っていく。明け方少し降った雨のおかげか、微風でも元気に揺れているような気がする。ふと立ち止まってみると、小さな木漏れ日が手にスタンプを押すように明るい光を映し出した。

「あっつ……」

額の汗をワイシャツの袖に吸わせて、そのまま坂道を上る。病院の向かいにある中平公園。入口の自販機と自転車置き場を通り過ぎ、ランニングコースと芝生のある広いエリアに入っていった。

雨が少し残っていて芝生はやや湿っているけど、遊具の近くには水たまりはなかった。金曜の十六時だからか、いつもより小学生男子がたくさんいる。上る場所も滑り降りる場所もたくさんある複合遊具で、ぴょんぴょん飛び跳ねながら鬼ごっこをしていた。

ベンチに腰掛けて、背もたれに沿うようにグッと背伸びをする。テストが終わった解放感と広い公園の開放感が、たまらなく心地いい。

やがて、少しだけ駆け足で、彼女が入口からこちらに近づいてきた。

「ごめんね朔也君、ちょっと里沙ちゃんと話してて遅れちゃった」

「ああ、ううん、大丈夫」

息を切らしている優羽に、俺はベンチの端っこに寄ってから、座るように促した。

先週ここで秘密を明かしたのを機に、お互い都合がつくときは放課後この公園で一緒に絵を描くようになった。

俺がちゃんとこの世界で過ごしているというのを絵に残せるのは、思った以上に嬉しい。これまでも描こうと思えば描けただろうけど、こういうきっかけがないとやっぱり踏み出しにくい。優羽に描き方を教えてもらえれば、絵心のない自分でも満足のいく作品が描けそうだ。

なにより、秘密を知っている彼女なら、途中で俊矢に替わっても問題ない。この時間は、本当の意味でリラックスできている。

「よし、描くぞ」

描きかけのコスモスの絵をクリアファイルから取り出し、コルクボードにのせる。下描きが終わったので、今日から色鉛筆で色をつけていく。同じく下描きを終えた優羽が、ピンクの色鉛筆を持って実際に塗りながら説明してくれた。

「えっと、濃さを調節しながら花びらを塗っていくことになると思うから、弱い力で少しずつ重ね塗りしていくのがいいと思う。まず初めはこうやって色鉛筆を寝かせて、小さい楕円を描くように芯先をくるくる動かすの。で、二回目以降は一回目より芯先を立てて、隙間ができてる部分を埋めるように塗っていく。三回くらい塗ると結構濃くなるからね」

「ふむふむ、途中で重ね塗りを調整すれば、グラデーションみたいになるってことか」

色を確かめながらコスモスの花びらをピンクで染める。はみ出ないように、濃くなりすぎないように。優羽のアドバイスを守りながら、楕円を意識して塗っていく。

撮った写真をよく見ると、同じ花びらでも場所によって色の濃淡がまったく違う。再現しようと必死に色鉛筆を動かしていると、あっという間に芯が減り、公園の時計の長針がものすごい速さで動いていく。

「ふう」

「お疲れ様。結構疲れるよね」

私も休憩する、と色鉛筆を置いた優羽に、「確かに疲れるな」と大きく頷いた。

「さっきの話だけど、鳩辺さんと仲良いんだ」

「里沙ちゃん？　うん、イラストとか水彩画とか好きだからね。もともと湖山涼火さんっていう画家が好きでさ。そのファン繋がりでちょっと話すようになったの」

彼女はスマホで涼火さんという方の作品を見せてくれた。テーブルに花瓶が置かれ、色とりどりのバラが飾られている。縒れたテーブルクロスの影の付け方がとてもリアルで、一瞬写真と見紛ってしまうほどだった。

「ほら、涼火さんはこういうかわいいイラストも描けるんだよ、すごいでしょ！」

次に見せてくれたのは、二頭身で描かれた女子ふたりが自転車に乗っている絵。こんなにテンション高く話しているのも珍しいと思いつつ、俺は率直な感想を表すように首を傾げる。

「でも俺は優羽の描いたこの前のイラストの方が愛嬌あって好きだなあ」

「えええっ！　朔也君、それは絶対おかしいって！　ほら、この女の子、デフォルメされてるのにすっごく表情豊かじゃない？」

「でもこういうの、優羽だってできるだろ？　ねえ、ちょっと描いてみてよ。女子ふたりで……あ、せっかくだから公園の遊具で遊んでる絵とかがいいな」

「んん、難しい注文だなあ」

取り出した鉛筆をとんとんっと顎に当てながら、優羽は新しく置いた紙とにらめっこする。やがてシャッシャッと鉛筆を走らせ、俺の握り拳大くらいの絵を描いていく。

初めは分からなかったものの、だんだん絵が形になってきた。

すべり台に上っている女の子と、勢いよく滑っている制服姿の女の子のふたり。高校生になっても全力ですべり台で遊んでいるというギャップが面白い。

「こんな感じ、かな」

「すごい！　やっぱりかわいい！」

ささっと描いているのに、ちゃんとすべり台だと分かるし、動きも見える。やっぱり優羽の絵は見ていて楽しい。

「俺、全然絵のセンスがないからさ、こうやってお題言われて描けるのがもう才能だと思っちゃうんだよね。女の子から描いたらいいのか、すべり台が先の方がいいのかとかも分からないもん。それに、そもそもすべり台がどんな構造になってるかって記憶が曖昧だよ。よく見てるんだなって思うし、それを人間との大きさのバランスを崩さずにちゃんと再現して描けるのが本当にすごいよ」

「朔也君、褒めすぎ……」

「いいや、そんなことない。俺は優羽先生のファンだからな！　ねえねえ、ちなみに水彩画も好きって言ってたけど、自分の部屋で描くの？」

「うん、たまにね。画材が部屋にあるから」

「画材！　カッコいい！　イーゼルにキャンバスを立てかけて、パンくずで消すやつだよね？」

俺が驚くと、優羽はきょとんとした後、プッと笑みをこぼす。

「そんな本格的なものじゃないよ。絵の具セットと何種類か筆があるくらい。パンくずで消すのは木炭デッサンだしね」

「そっか、なんか部屋でイーゼル組み立ててるのかと思った」

冗談を言って、ふたりで笑い合う。

これまでは友達と遊んでいても、「万が一入れ替わったらどうしよう」「バレたら気持ち悪がられないだろうか」という恐怖心が消えず、全力で楽しむことができなかったから、安心感で満たされるこの時間が好きだった。

「優羽の水彩画、見てみたいな」

「ホント？　ううん、写真撮ったりしてるかなあ」

スマホをスワイプする優羽を見ながら、俺はさっきまでの彼女の表情を思い出す。

徐々に濃くなっていく陽光に照らされた彼女は、やけに綺麗に見えた。

そのとき、ゆっくりと意識が遠のくのを感じ、ベンチに深く腰掛ける。また俊矢が出てくるらしい。最近、よくアイツが出てくる気がする。

「ごめん優羽、ちょっと……」

彼女は、俺の一言で状況を察したようだった。

「大丈夫？」

「ああ、うん、大丈夫。すぐ戻るから」

もっと優羽と話していたいのに。誰にも干渉されない、自分だけの自分になれればいいのに。俊矢には感謝しているけど、やっぱり今は少し邪魔に思えてしまう。

「……優羽と話すの楽しいから、もっと話したいんだけどなあ」

なるべく照れているのがバレないように真正面から伝えると、彼女は目を丸くした後に「それは違うよ」とばかりに顎の前で控えめに手を振った。

「ありがと……きっとあれだよ、私の描くさっきみたいな絵が面白いとか、私は俊矢君のこと知ってるから話しやすいとか、そういうこともあると思うな」

小声で返事をくれる。相変わらず、自分にあまり自信が持てないらしい。

でも、君は知らないだろう。俺がそんな君の言葉にどれだけ救われたか。

俺の話を疑うでもなく、興味本位で色々探るでもなく、ただただ受け止めてくれた。

自分は0.8人分だ、変だよね、と半ば本気で言った俺に、「変じゃないよ、頑張った証なんだから」と答えてくれた。俺のことを、なんの迷いもなく、ひとりの土元朔也だと言い切ってくれたことが、純粋なまでに俺の存在を認めてくれたことが、涙が出そうなほど嬉しかったんだ。

心の中で何度も彼女に感謝していると、いつもの通り机と水槽だけがある部屋が見えた。そして部屋で待っていた俊矢に黙って交代して、意識が落ちる。

どんなに現実世界で抜けたくないと思っても、この部屋に来ると抗えなかった。

「……ふう」

「朔也君、おかえり」

戻ってきた俺の横で、優羽はノートになにかを描いていた。どうやら、ずっと隣にいてくれたらしい。夕日は燃えたまま半分沈み、遊具で遊んでいた子どもたちはほとんど帰っていた。

「待っててくれたの？」

「うん、俊矢君とは途中で話終わっちゃったから絵を描いて遊んでた。ほら、見て」

そう言って彼女が見せてくれたノートには、男子がすべり台の下で転んで頭から砂山に突っ込んでいる絵があった。

「いいね！　これも面白い！」

「ホント？　よかった。でも俊矢君こんな風にしちゃってごめんね」

「え、これ俊矢なの！　ぶはっ！」

驚いて吹き出しながらもう一度見返す。顔は分からないけど、確かに制服姿で襟足が黒髪だった。

「だって今日もなんか『自信なさそうに話すなよ』って怒られたんだもん。私、俊矢君は正直ちょっとだけ苦手かも」

どうやら俊矢への仕返しとしてひどい目に遭っている絵にしたらしい。ギャグっぽいテイストのせいでちっとも憎めなかった。

「で、俊矢とはどんな話してたの？」

「そんな大したこと話してないよ。昨日は家で少し交代したんだけど、そのときに飲んだジュースがすごく美味しかったって言ってたな」

「どのジュースのことだろ」

「冷蔵庫にあったのを飲んだって聞いたけど……」

「あ、あのライム炭酸だ！　くそう、やっぱり俊矢が飲んでたのか」

自分が知らない、自分の話を聞く。彼女と話せる楽しさと、俺が俺だけのものではないことを再確認する寂しさを同時に感じながら、人が少なくなっていく公園で喋り続けた。

歩き出せない場所から

「……ねえ、優羽ちゃん、聞いてる？」

「え、あ、ごめん」

　シルバーウィークを控えた九月十三日の昼休み、ボーッと上の空で教室の椅子に座っていた私に、「んもう」と里沙がぷうっと頬を膨らませる。

「どうしたの優羽ちゃん、なにか考え事？　ひょっとして色恋絡み？」

「や、そんなんじゃない、よ」

「ホントかなあ？　あのさ、最近涼火先生が仲良くしてるイラストレーターの百々子さんっているじゃん？　この前水彩画で、春木もち先生の漫画のファンアート描いてたんだけど……」

　私を怪しむようにからかった後、彼女はスマホの画像をスワイプし、私が好きそうな絵を次々と見せてくれた。

　スマホの画面を凝視していると、離れた場所で声がする。

「えっ、朔也まだポップコーラ飲んでないの？　あれめっちゃ美味いよ！」

「うん、まだ飲んでないんだよね。そっか、買ってみようかな」

彼の名前が出ると、意識がすぐにそこに飛んでいってしまう。そんなに近い距離じゃないのに、騒がしいときでも聞き分けられる。私の耳に探知機でもついたようだった。

チラッと見ると、朔也君が友達と話しているのが目に映る。と思ったら、一瞬だけ体をずらした彼と視線が合った。私を見つけてくれたのかな、と心が躍り、すぐに偶然だと言い聞かせて平静を保つ。

自分の中で、朔也君の存在が大きくなっているのが分かる。夏休み明けより先週末、そして先週末より今日の方が大きい。

烏滸(おこ)がましいことは分かっている。でも、朔也君ともっと話せたらいいのに、と考えてしまう。彼と過ごせる公園での時間が楽しみで仕方がない。

朔也君には、姉と比べなくてもいい私自身を見てもらえている気がして、心地よかった。

「さて、いよいよ来月の十月二十二日、二十三日の土日は文化祭だな」

帰る前のショートホームルーム。担任の柴崎先生が切り出すと、途端に教室がざわめく。先生はでっぷりした顎を軽く撫(な)でた後、タイピンでネクタイを留め直した。

「出し物は七月の時点でレトロ喫茶って決まってたから、そろそろ準備の係を決めよ

「まず食品係、やりたい人いるか？　喫茶店で使う食品の調達を担当してもらう。男女一名ずつだな」

静まり返る教室。沈黙が続き、しばらく待ってようやく誰かが手を挙げる。

どの係も文化祭っぽいけど面倒な仕事も多いし、友達と教室の飾りつけだけをわいわいやっている方が気楽だ。去年もこれを決めるのに時間がかかったのを思い出した。

私も去年は誰かが名乗り出るのを臆病にジッと待って、出し物だったお化け屋敷の準備も割り当てられた最低限だけやって、当日もお化け役は断って受付に立っていた。あまり楽しい思い出ではない。

「よし、撮影係はあとひとりか……明日また希望聞くからな。友達と相談してふたりで一緒にやってもいいぞ。じゃあ次に広報、ポスターを描いたりビラを作ってもらったりする係だな。誰かやりたい人いるか？」

再び、居心地の悪い沈黙が続く。でも私にとっては、別の意味でそわそわする時間だった。

以前絵を描いてみせたときに「推薦してあげるよ」と朔也君に言われていた広報係。やりたい気持ちがまったくないわけじゃなかったけど、いざ決める場になると本当に推薦されるのか気になってしまう。

「……誰かいないのか。絵が得意なら色々描けるチャンスだぞ」

痺(しび)れを切らしたように柴崎先生が口を開くと、ついにひとりが手を挙げた。

「俺、やりますよ」

最近よく聞いているその声の主は、朔也君だった。「土元だな」と先生が板書する。

「朔也、絵描けんの？」

「いや、得意じゃないけど、やってみようかなって」

友達と喋りつつ手を下ろしながら、彼はチラッと横を見た。昼休みと違って、私を見たのだとはっきり分かる。「推薦しようか？」と訊いてくるような表情に、私は反射的に首を横に振った。緊張が不安になり、その不安がネガティブを連れてくる。

普段そこまで目立っていない私がクラスの出し物のポスターを描くなんて言ったら、周りはどんな顔をするだろうか。香奈は「美羽ならともかく」なんて思うに違いない。みんなが私と美羽と比べるだろう。それに、朔也君に推薦されることで変な噂を立てられたらどうしよう。

イヤな想像ばかりが頭の中で膨らんで、とてもじゃないけど勇気が出ない。朔也君が気を遣って誘ってくれているのだとしたら、その気持ちだけもらっておこう。

「……じゃあ今のところ土元だけだな。残りは明日決めるぞ」

こうしてホームルームは終わり、決まらなかった係は明日に持ち越しとなった。

「ごめんね、今日係決めのとき。推薦しようか、って誘ってくれたんだよね。勘違いだったら恥ずかしいけど……」

「ああ、うん。声はかけられないから目で合図しようかと思って」

放課後、今日は一緒に中平公園に行けそうだったので、他のクラスメイトがいないことを確認しつつ朔也君と一緒に靴箱に向かう。外履きを取り出しながら、彼に話しかけた。

「優羽、やらないの？　一緒に絵描けるかなと思って立候補したんだけど」

「うん、ごめん、それも分かってたんだけどね……」

申し訳なさが募ってしまい、もう一度頭の中で迷う。でも、やっぱり自信がなくて、天秤（てんびん）は遠慮する方に傾いた。

「ちょっと考えたけど、私には無理かなって。クラスでもっと絵がうまい人もいるかもしれないし」

「別に絵のうまさを競うわけじゃないのに」

「でも本当に大丈夫。私が急に手を挙げたら、みんなびっくりしちゃうよ。香奈も『美羽に描いてもらった方がいいものできるんじゃない？』とか言ってきそう」

明るいトーンで、でも暗いことを話している私に、彼が鼻でふうっと息を吐いたのが聞こえた。今のは溜め息なのかもしれない。こんな自虐的なことばっかり言っていたら、当然だろう。

「お姉さんがクラスにいるわけじゃないでしょ？」

「そう、だけど……まあ、うん、そうだね」

言いかけて、のみ込む。これ以上私の独り相撲の愚痴に付き合ってもらうのは心苦しい。お礼を言って、この会話は終わりにしよう。

「ありがとね、朔也君。いつも誘ったり話しかけたりしてくれて」

「……待って」

精一杯の感謝に、靴を履き終えた朔也君は静かに一言発し、グッと私に近づく。その目は、笑ってはいなかった。

「今の、どういう意味？　俺は本当に優羽が適任だなと思って推薦したんだよ。それに話しかけてるだけなのになんでお礼言われるの？」

「あ、え……」

言葉の端々に、私の心の棘のようなものが表れていたのだろう。なんて返したらいいのか。本音を言ったらダメだと分かっているのに、でもどこかで最低な私を気にかけてもらいたい自分もいて、止められなかった。

「……ほら、前も同じこと言って俊矢君に怒られたって話したと思うんだけど、美羽のことを話したから、同情というか、気を遣ってくれたのかなとか、つい考えちゃって……」

その瞬間、彼はサッと顔色を変える。そしてすぐに悲しそうな笑みを浮かべた。

「そっか、まだそんな風に思ってたんだ」

ほら、結局こうなる。一度吐き出した言葉はもう戻らない。どうにもならない。

並んで正門に向かっている朔也君は、少しだけ黙った後、肩に掛けていたバッグをグッと持ち直した。今日は公園に行かずに帰ってしまう気がする。私が悪いんだ、仕方ない。本当は一緒に行きたかったけど。

するとは、彼はグッと体の向きを変えて、私を見た。

「ちょっとだけ怒ったから、本当は黙っておこうと思ったんだけど。でも、やっぱりちゃんと伝えるね」

そして彼はひと呼吸置く。遠くから運動部のホイッスルが鳴り響き、駐輪場から女子のはしゃぐ声が聞こえる中で、この空間だけが静けさに包まれていた。

「優羽さ。〝自分なんて〟って思ってもいい。すぐに直すのも難しいと思うし。でも、もしやりたいことがあるなら、勇気を出して踏み出してみてもいいんじゃないかな。〝自分なんて〟って何度も考えるのは、ひょっとしたら自分への期待の裏返しかもしれない。こうしたいって想いがあるからこそ、できない自分を否定してるのかもしれないから。だから、えっと……自分の期待に応えるチャンスがあってもいいと思う。伝わった、かな」

「……うん、ありがと」

下を向いて、何度も頷く。目が潤んでいるのを見られたくなかった。

朔也君の言っていることは正しい。そんな風に前向きに進めるようになりたいと思う。だけど、頭では分かっていてもそう簡単には変われない。それは、自分が一番よく知っていた。

「今日は帰るね。優羽はカフェの前のバス停だよね？　俺あっちの行政センター前のバスだから。じゃあ、また明日」

「ん、またね」

静かに手を振って去っていく朔也君を見送っていると、彼の「お姉さんがクラスにいるわけじゃないでしょ？」という声が脳に蘇ってくる。そもそも私が、彼女と同じレベルの学校に行けるはずがない。昔は目指していたけど。

小学校では美羽との差はそんなになかったように思う。ちゃんと勉強していれば百点が取れるテストが多かったから。たまに間違えるものの、二問間違えて九十点など、誤差の範囲だった。

転機は中一のとき。一次方程式で躓いた、古文の現代語訳のコツが掴めなかった、英語のBe動詞の概念を理解するのに時間がかかった。リビングで勉強していた姉が「難しいなあ」と言っていたので安心してノートを覗いてみると、もらっただけで開いたことのない応用レベルの問題集を解いていた。初めて、「双子でも、自分は姉と違う」と理解した。

中学では、私はひとりで絵を描くのが好きだったから帰宅部、美羽は陸上部に入っていた。帰る時間が違うし、自由に使える時間も違う。ヘトヘトで帰ってきてリビングで教科書を開く彼女を見て「追いつこう、できることなら抜いてやろう」と懸命に勉強した。できると思った。だって、小学校では私も満点を取っていたから。

でも、迎えた秋の実力テストで、彼女は学年一位を取った。自分は百位にも入っていない。

リビングで喜んでいた美羽を「おめでとう」と祝ったけど、自分の部屋で神様を呪った。部活を頑張っている美羽に味方して、彼女が勉強したところをテストに出したに違いない、と。そうでないと、努力が水泡に帰す気がして、強く強く自分に思い込ませた。

美羽はそのまま九月の体育祭も持ち前の運動神経を活かして大活躍し、続く十月の文化祭でもクラスの出し物である映画製作でヒロインの親友という重要なポジションを好演した。もうすっかり、彼女はクラスの中心にいた。

そして中二の初夏のある日、クラスメイトの耳打ちが聞こえた。

「明橋さん、よくお姉ちゃんと同じ学校でいられるね。私なら無理だわ」

自分は普通の人なら耐えられないことをしているのだと理解し、美羽と同じ空間にいるべき存在ではないのだと思い知らされた。高校の志望校は見つかっていなかったけど、〝美羽と違う高校〟ということだけが決まった。


暗い過去を思い出し、気分が塞ぐ。こんな自分に朔也君が接してくれるだけで本当にありがたいと思い返す。

でも、朔也君は気を遣って私に優しくしているわけではないらしい。それが本当なら、どれだけ嬉しいだろう。でも、そんな彼の想いを無下にするようなことを言ってしまった。

不意に、俊矢君から聞いた言葉を思い出した。

『人の気持ちを勝手に決めんなよ』

『お前が朔也をそういう人間だと捉えてるってことはアイツにも伝わるんだからな』

ひどいことを言ってしまったという後悔と、私はどうしたいのだろうという疑問をずっと繰り返し、うまくのみ込めないままにバス停に向かって歩き出した。

踏み出す一歩

翌日の九月十四日、水曜の午後。もうすぐ昨日の係決めの続きが始まる。未だにどうすればいいか決めかねている私の心のように、空模様は今にも泣き出しそうな曇天だった。

「よし、じゃあ席ついて。今日は全員決まるまでやるからな」

柴崎先生が教壇に立ち、残りの係を募っていく。撮影係、ステージ準備係……いくつかのものは、事前に相談しておいたのか、仲のいい友達同士で手を挙げてすんなりと埋まっていった。

「じゃあ最後、広報係。土元は決まってるから、最低あとひとり必要だぞ。手でもソフトでもいいから、ポスターとかビラの絵が描けるといいな」

この状況になっても、私の中ではなにも固まっていない。やれるのか、そもそもやりたいのか、まるで頭が考えることを拒否しているような感じ。このまま誰かが手を挙げて、あっという間に決まるんじゃないか。それこそ絵の好きな里沙がやると言い出すんじゃないか。でもそうなったときに自分は残念に思うんじゃないか。勝手な未来の想像で脳を埋め尽くして、教室の沈黙の時間が過ぎていく。

「じゃあ推薦できる人がいないか、少し周りと相談していいぞ」

痺れを切らした先生が提案した途端、教室に徐々に声が聞こえ始める。きっと本当に相談しているのではなく、重苦しい空気から抜け出すための雑談だろう。

里沙も遠いし、特に話す相手もいないのでもう少し悩んでいようかと考えていたそのとき、朔也君がチラッとこちらを見た。そして周りが見ていないのを確認して、口を動かす。

（ス・マ・ホ）

多分そう言っている。私はこっそり、ポケットに入れていたスマホを取り出した。彼からのメッセージが一件。文章はなく、画像が一枚送られてきている。

それは、朔也君に初めて見せた、そしてうまいと褒めながら撮ってくれた、描きかけの風景画だった。

急いで顔を上げる。朔也君は、私とのやりとりをごまかすかのように、他の友達と談笑していた。

もう一度絵を見る。私に伝えたいと思ってこの写真を送ってくれたことが、胸を熱くさせて、彼の言葉を想起させる。

『〝自分なんて〟って何度も考えるのは、ひょっとしたら自分への期待の裏返しかもしれない』

ずっと悩んでいた。私でいいのかと迷っていた。明橋優羽だから、美羽じゃないから、うまくいかないかもしれない、と怖がっていた。

でも、朔也君が言ってくれたことが本当なら、私が私に期待しているなら、そして彼も少しでも私に期待してくれているなら、一歩踏み出してもいいのかもしれない。

【推薦してくれるって言ったの、まだ有効?】

スマホで打とうかと脳内で文章を考えた後、首を振って綺麗さっぱり忘れる。推薦には頼りたくない。自分の力で、朔也君の隣に並びたい。

「どうだ、決まったかー?」

タイムリミットを告げる柴崎先生。早くしないと、他の誰かが推薦されてしまうかもしれない。でも、このタイミングで立候補なんておかしいのも十分に分かっていた。

手が震える。喉がカラカラに渇く。心臓がどうかしているのかというくらい跳ねる。

恥ずかしいのは一瞬だけ、と何度も言い聞かせて、左手を膝の上でギュッと握りながら、おそるおそる右手を挙げた。

「あの……私、やります」

途端に周囲がシンと静まり返る。急に耳がよくなったかのように、微かなざわめきが聞こえた。

「明橋、やってくれるのか。絵は描けるか?」

絶対訊かれるだろうと思っていた質問が先生から飛んでくる。答えるのが怖い。

ポケットの上からスマホを叩く。私の絵を、楽しみにしてくれている人がいる。

「……はい、少しなら」

ようやく人数が揃ったことに安堵したのか、先生はフッと柔らかい表情になった。

「分かった。他にいなければこれで決まりだな。あとは……ああ、昨日言い忘れてたな。来週の実力テストのことだけど、二十二日に五教科全部やるぞ。前日の部活は休みで……」

傍から見たらなんでもないことかもしれないけど、私からしたら大きな一歩。朔也君とふたりで、広報係をすることになった。

「優羽って、絵得意なんだ」

ホームルーム後、真っ先に机に寄ってきたのは、なにかにつけて美羽の話を持ち出す香奈だった。色が抜けたのか、より金髪っぽく見える髪が、肩の上で気怠そうに揺れている。後ろには結佳がいて、興味のなさそうな目で私を見ていた。

「得意、かどうかは分からないけど……好きだよ」

「ふうん、でも美羽の方が得意だったりする？」

意地悪い笑みを浮かべる彼女を前に、グッとお腹に力を入れる。いつも自信がない私でも、ここはちゃんと返さないといけない。立候補したんだから、気持ちで負けたらダメだ。

「ううん、絵はお姉ちゃんより得意だよ」

同調しない私にやや驚いたのか、香奈は目を丸くした後、顔を顰める。

そこに、里沙が割って入ってきた。

「そうそう！　優羽ちゃんは結構いい絵描くと思うから、乞うご期待だよ！」

「ちょ、ちょっと、里沙ちゃん！」

「ホントのことだもん。私すっごく楽しみにしてるからね！」

談笑で嫌みを言う気を削がれたのか、香奈は眉をクッと吊り上げ、「結佳、行こ」と言いながら他の女子グループのところへ行ってしまった。

「里沙ちゃん、ありがと。フォローに来てくれて」

「ううん。中栗さんってよく優羽ちゃんに突っかかってるよね」

「うん……中学のとき、香奈はかなり頭よかったんだけど、ずっとお姉ちゃんが一位だったからね、根に持ってるのかも」

「なるほど、それはあるかもしれないね」

あの頃、香奈はいつも悔しそうにしていた。なにか気持ちの糸が切れてしまったのか、中学三年のときにはほとんど勉強しなくなってしまって、この高校に来ている。

私を見て同じ顔の美羽を思い出すこと、出来のイマイチな私と一緒の高校になってしまっているということも、彼女が苛立つ原因なのかもしれない。

「優羽ちゃんの絵、期待してるのはホントだからね」

「え？」

「私、ホントは優羽ちゃん推薦しようと思ってたくらいなんだから」

「そう、なんだ」

胸の前でピースする里沙に、私は「ありがと」とピースを返してみせた。

自分のことを考えてくれている人が、応援してくれる人が、少なくともクラスにふたりいる。半袖ブラウスだと肌寒い日も出てきた初秋の教室で、その事実が私の心をじんわりと温かくさせた。

「それじゃ私、帰るね、またね！」

「うん、またね」

里沙が軽快な足取りで教室を出ていく。自分も帰ろうかとバッグを準備し始めると、里沙と入れ替わるように朔也君が来た。

「推薦しようかと思ってたから、びっくりしたよ」

「うん、なんか、せっかくやるなら立候補した方がいいなって」

そっか、と彼は顔をほころばせながら頷く。

「絵の写真、送ってくれてありがと。あれで決意固まったんだ」

「ううん。好きな絵で、今でもときどき見返してるからさ。あの絵を送ろうってすぐに思いついたんだ」

気に入って見返してくれていることに、自然と口角が上がってしまう。

「今日はちょっと用があってまっすぐ帰るんだけどさ。明日から広報の打ち合わせ、よろしくね。俺はほら、絵心ないんで、優羽の腕にかかってるからな」

「えー、一緒に描こうよ！　せっかく練習してるんだし」

「いやあ、まだまだ下手だからさあ。期待してますよ、大先生」

朔也君が分かりやすくお世辞を言った後、ふたりで笑い合う。

去年とまったく違う文化祭が、始まろうとしていた。

まるでデートみたいな

「ようこそ連休！　どうする、カラオケ行く？」

「漫画あるあるな！　テスト打ち上げのカラオケ！」

「今日は行ってもバチ当たんないだろ！」

九月二十二日、木曜日。明日から秋分の日を含めて三連休。しかも今日は実力テストの日だったので、教室は解放感に包まれている。

が、私たちには遊びに行くより優先することがあった。

「朔也君、これどう思う？　こっち側にお店で、反対側に袴姿の男女がいる感じ」

「どれどれ……おおっ、昨日見せてくれたのよりいいと思う。俺はこっちの方が好きだな」

「ありがとう。でもちょっと迷ってるんだよね……もう少しだけ考えてみる」

私の前の空き席に朔也君が座り、私が白い紙に描いてきたラフのデザインを一緒に見ていた。

文化祭の一ヶ月前となり、少しずつ準備が進み出している。とはいえ、レトロ喫茶そのものはようやくクラス内で装飾担当や衣装担当、キッチン担当が決まった程度で、まだ始まったばかりだ。

一番進んでいるのは実は広報係で、ビラのデザインをあれこれ悩んでいるところだ。配付物や掲示物は文化祭実行委員会が必ずチェックするので、早めに準備をしないといけなかった。

「ねえ、あれ見に行った？　ギーツ魔術学園の呪い」

「まだ行けてない！　でも宣伝動画めっちゃ面白そうだよね！」

「女優さん綺麗すぎてやばくない？」

帰り支度をしている男女グループから、先週公開したばかりの映画の話題が聞こえてくる。明日から連休だから、みんなで行く約束をしているらしい。

映画はすでに続編の制作も決定しているようで、メディアがこぞって推している。私もクラスで噂を聞いて、宣伝動画を見てみた。ファンタジーだけどストーリーも子どもっぽすぎず、箒で上下左右自在に飛びながら魔法で戦うシーンはハリウッドらしいかなり迫力あるアクションだったから、劇場で見てみたいなという気になる。

「ねえ、優羽、ここなんだけどさ」

買い物ついでに家族で行ってもいいかもしれない。

「あ、ごめん」

一瞬ボーッとしていた私を呼んだ朔也君が、Ａ４の上の部分を指す。

「このレトロ喫茶って企画名、もっと上の方にあった方がいいと思う。で、絵全体を下げる感じかな。でもそうするとタイトルがちょっと目立たないかな？」

「あ、だったら、このタイトルの横に、服だけ載せるのはどうかな。左側に女子用、右側に男子用の袴を配置すれば、パッと見て喫茶店の雰囲気は掴めるでしょ？」

「おおっ、それいいね！　そういうアイディアがすぐに出るのすごいなあ」

「そんな大したことじゃないよ」

　ストレートに褒められたのを照れ隠しで否定しながら、別の紙に全体の構成を描き直した。二頭身くらいのイラストを描くときはいつも服のデザインをデフォルメしてしまうのだけど、今回はしっかり描かなきゃと考えるとやや緊張する。

「じゃあこの案でまたラフ描いてくるから」

「うん、ありがとう。任せっぱなしになっちゃってごめんね。実行委員とのやりとりとかは全部こっちで引き受けるから！」

　朔也君は申し訳なさそうに両手をパチンと合わせる。でも、私はこうして一緒に係の仕事ができるのが楽しいので、少しくらい負担が大きくても気にならなかった。

「優羽、ちょっと公園寄らない？」

「うん、行こうかな」

帰りがけ、靴箱で誘われ、中平公園へ向かう。相変わらず時間を見つけて週に二、三回行っているけど、最近はこうして帰りが同じタイミングになったときに一緒に向かうことが増えていた。

「ここのスーパーにさ、四つで百二十円くらいのケーキドーナッツって商品が売っててさ。甘いけど、俺すっごく好きなんだよね」

「あ、私も買ったことある！　普通のふたつとチョコのふたつの組み合わせだよね」

「絶対太るって分かってるんだけど、つい夜食で食べたくなっちゃう」

他愛もない話をしながら歩く。いつもひとりで黙って通り過ぎていた道も、朔也君と一緒だと退屈しない。黒一色のアスファルトでさえ、なんだか明るい色に見えた。

「到着！　今日も子どもがいっぱいだ！」

「ふふっ、なにそれ」

はしゃいでいる子どものテンションが伝染ったのか、朔也君はランニングコースを走って横切り、芝生を駆け抜けていつものベンチに座った。

今の彼は本当にただの男子高校生で、病気を抱えているなんてちっとも分からない。逆に言えば、事情を知らない人にはまったく気付いてもらえない苦労をしているわけで、そう考えることどんなことでもいいから力になりたいと思ってしまう。

「もうだいぶ秋っぽくなってきたよね。俺、この季節が一番好き」

「分かる。残暑もようやくどっか行ったね」

花壇では、コスモスが風にそよぎ、白色の孔雀草(くじゃくそう)が身を寄せ合って咲いている。

コスモスには夏咲きと秋咲きがあると聞いたことがあるけど、前に見た赤系ではなく紫色の花になっているので、秋咲きのものに植え替えたのだろう。モフモフしている濃い紫の小さい花が集まっているのはアメジストセージといったっけ。

学校からここまで歩いてきてもブラウスに汗が滲(にじ)まないくらい、気候が穏やかになっている。朔也君と同じで、私も九月の下旬から十一月の秋が一番好きだ。

「朔也君、今日はどうする？　絵描く？」

「ううん、今日はテストで疲れたし、いいかなあ。あ、でもさ、家で完成させたから見てよ！」

そう言って彼がバッグから取り出したのは、赤い花びらと葉を塗ったコスモスの花の絵だった。

「うわっ、すごく綺麗な仕上がりだね！」

「本当？　優羽に言ってもらえると自信持てるなあ」

朔也君は口元を緩めて、目を細めた。

花びらのグラデーションもさることながら、葉っぱのハリのある感じがしっかり出ていて、丁寧に塗ったことがよく分かる。

「それにしても、葉を塗るのに、緑じゃなくて青と黄を重ねて塗った方がいいとか、優羽に教えてもらわなかったらずっと知らないままだったよ」

「ああ、うん。葉脈を青で塗ると色合いがはっきりするからね」

朔也君は気合いを入れるように、両肘を張った腕を肩からぐるぐると回した。

「次はいよいよ風景画に挑戦だな」

「うん、頑張って。応援してる。私もパンフレットに載せるミニポスター、早めに手つけなきゃ。あと一週間くらいだし」

「入稿の都合で締め切り厳守って連絡来てたもんな」

会話が終わり、不自然な間が空く。彼の方を見ると、握った両手を膝の上に置いてジッと黙っている。考え事でもしているのだろうか。

やがて、意を決したように顔を上げて、パッと私の方を見た。

「あのさ、優羽はギーツ魔術学園の呪い、見に行く予定ある？」

「ううん、特には。家族と行こうかなって考えてたくらいだよ」

その答えに、彼は勢いよく息を吸って、クッと目を見開いた。

「……よかったら、一緒に行かない？」

「え……？」

たった一言で、心臓が壊れてしまったのかと思うくらい速く脈を打つ。私からすれば、朔也君の方がよっぽど魔術師みたいだ。

「明日、通院なんだけど、午前中で終わるからさ。都合つくなら午後どうかなって」

「行く！　一緒に行くよ！」

予定なんか確認していない。でも、心は決まっていた。

嬉しい。誘ってくれたことが、ただただ嬉しかった。

「よかった、どうやって誘おうかってずっと考えてたからさ」

朔也君は口をすぼめて、ふうっと細く息を吐いた。さっき黙り込んでいたのはこれのせいだったのか。勇気を出してくれたのかと思うと、こっちまで照れてしまう。

「じゃあ集合場所とか……ああ……ごめん、少し時間経ってから決めることになりそうだな」

ベンチにグッともたれかかり、大きく深呼吸する。どうやら、人格が入れ替わるらしい。せっかく具体的な予定を決めようとした矢先だったので、こうして自由に話すこともままならないことがちょっと寂しくなる。

「映画のOKの返事もらえたから、だいぶリラックスしちゃったみたい」

「そう、なんだ」

まるで私と行けるのを喜んでもらえているようで、さっきのお誘いと同じくらいドキドキしてしまった。

「じゃあ、またね」

「うん、後でね」

ふたりにしか分からない、変な挨拶。体はここにあるのに、朔也君は朔也君でなくなってしまう。ふたりとも当たり前のように受け止めているけど、冷静に考えるとものすごく怖いことで、私は彼に見えないように指を絡める形で両手を組んで、なるべく早く戻ってきてほしいと願いを込めた。

目を瞑っていた彼が、スッと起きる。ああ、やっぱり今日も目つきが悪い。

「……また明橋か。最近お前ら一緒にいること多いんだな」

「そうだね、結構多いかも」

起きてすぐ、少しだけ棘のある一言で始まる。でも、最近はそれが彼の性格だと分かって怖くなくなってきているから、前よりはフランクに話せるようになった。

「朔也、元気にしてるか?」

「うん、学校でも友達とよく話してるし、家で絵も描いてるみたいだし、大丈夫だと思うよ」

「そっか。オレはアイツの記憶は同期されるけど、気分までは把握できねぇからさ。楽しそうならよかった」

彼は小さく頷く。こういうときは、若干穏やかな表情に見える。

「そういえば、さっきの記憶も共有されたぞ。映画行くんだって?」

「うん、明日ね」

「そっか、デートだな」

「ち、が……うよ」

少し意地悪く、へらへらと笑っている俊矢君に向かって、勢いよく首を振る。

そんなはずはない。朔也君とは普通の友達だ。ただ秘密を知っていて、文化祭で一緒に係をやっているだけなんだから。だからこれはデートじゃない。そう思わないと、自分に不相応な期待をしてしまいそうで。

「ま、オレも朔也とは別人格だし、アイツがどう思ってるかは本人しか分からねえけどな。ところで、どんな映画なんだよ?」

「えっと、魔術学園に入学した生徒の中のひとりが主人公なんだけど、実は昔お姉ちゃんが同じ学園に入学して謎の死を遂げてたの。その事件に上級生や先生が絡んでるって噂を聞きつけて、秘密を探ろうと思って入学したのね。でも、犯人捜しをしていくうちに、だんだん魔術学園が人間世界と繋がっていることが分かって……っていうサスペンス要素もある壮大なファンタジーって感じかな」

話を最後まで聞いた俊矢君がグッと前屈みになる。

「へえ、面白そうだな！　原作は小説なのか?」

「うん、海外の小説だよ」

「そっか。ちぇっ、オレも映画見てみたいな。一度も見たことがねえや」

首の右側をかきながら、彼は顔を顰める。イライラしたときや不安になったときに首をかくのは、朔也君にはない彼の癖らしい。

「ちなみに明橋は原作読んだことあるのか？　続きも知ってる？」

「うん、二巻までは読んでるよ。二巻ではもうひとり、主人公の叔父を名乗る人が出てくるんだけど……」

　思ったより映画に興味を持った俊矢君と雑談をした後、彼はいつも通り三、四十分ほど散歩をし、花や木々や遊具に触れて過ごした。

「朔也に戻る時間だ。じゃあ、明日は楽しんでくるといいさ」

「うん……ありがと」

　捨て台詞（ぜりふ）のような、でも優しさも孕（はら）んだ言葉を残して俊矢君はまた眠りに就き、朔也君が出てくる。

　さっきより幾分空が薄墨色になっているのを見て、彼は「もう夜か」と呟いた。

「おかえり、朔也君」

「ただいま、あとお待たせ。さっきの続き、予定決めよっか」

「うん」

ふたりだけの相談が始まる。

それは、学校でビラのデザインを決めたときの何倍も緊張する打ち合わせだった。


翌日、金曜祝日のお昼前。バタバタと玄関で靴を履く。気が急いているせいか、なかなかうまくかかとが入らない。

「じゃあ行ってきます！」

「優羽、転ばないようにね！」

母に小学生のような注意を受けながら、私は駅前までダッシュした。

今日は午後から映画。午前中に診療を終える朔也君と十二時半に駅の改札集合の予定だけど、現在十一時五十五分。これに乗らないと遅れる、というギリギリの電車にも間に合うかどうか怪しくなっていて、勢いよく坂道を下っていく。

本当はこの二、三本前の電車に乗ろうと思っていたのに、髪型が決まらず、着る服に迷い、履く靴にも迷い、忘れ物がないか何度もチェックし、結局出るのが遅れてしまった。映画に行くだけだというのに出発前から大変な騒ぎで、自分が恥ずかしい。

「間に……合った……」

肩で息をしながら電車に乗り、空いている席に座って呼吸を整える。ポーチから鏡を出して、髪が乱れていないかチェックした。

目的の駅に着くまで数分、スマホを見ているけど、この後のことを想像すると、なにも頭に入ってこない。ほぼ日課となっている無料のコミックの続きも、今日は読む気にならなかった。

「ホームとの間が空いています。足元にお気を付けて、お降りください」

車内アナウンスを聞きながら電車を降り、エスカレーターに乗って二階へ。祝日ということもあり、駅がいつもよりがやがやしていた。

十二時二十七分というほぼ集合時間ぴったりで改札口に出たものの、まだ朔也君は来ていない。病院から直接向かってくるなら、反対方面から乗ってくるはず。電光掲示板に出ている、一分後に到着する電車かもしれない。

その予想通り、彼は陸上競技かと思うような勢いで、猛ダッシュで改札まで走ってきた。

「ごめんね、優羽！　ギリギリになっちゃった」

「ううん、私もさっきので着いたばっかりだから」

「そっか、待たせなくてよかった」

彼はホッとしたように、額に汗を滲ませて微笑んだ。

黒袖のサイドジップがオシャレな白のプルパーカーに、黒のスキニーなチノパン、黒のスニーカー。肩から掛けている赤のバッグがモノトーンのコーディネートの差し色になっている。

「優羽、そのスカート、似合ってるね」

「えっ、あっ、ありがと……」

一方の私は、薄いグレーの縦ストライプが入った白の厚手ブラウスに、光沢のある緑のプリーツスカートというシンプルな服装。ネイビーのカーディガンも持ってきたけど、この気候だと出番はないだろう。映画の約束が一週間後だったら、今日モールに行ってお出かけ用の服を買いたかった、なんて考えてしまう。

「先にお昼でいいよね？　優羽、食べたいものある？」

「ううん、特に。朔也君はなにかある？」

彼は、その質問を待っていたかのように顔をほころばせた。そして、どこか照れくさそうに口を開く。

「ダイブバーガーの新作のメガチーズソースバーガー食べたいと思っててさ……」

「CMでやってるやつだよね。うん、行こう。私も実物見てみたかった！」

今日は本当に食べたいものが思い浮かばなかった。朔也君と一緒なら、きっとなにを食べても美味しいはずだから。

「朔也君、こっち！」

「あっ、取ってくれてありがとう」

駅の階段を下り、駅前のバスターミナルを通り過ぎてすぐのダイブバーガーで、先に二階に上がってふたり掛けのテーブルを取っておいた。

朔也君はまず私にフィッシュバーガーセットのトレーを渡し、その後意気揚々と自分のトレーを置く。

「じゃーん！　見て、これはすごいよ……」

「すごいね……」

ハンバーガーの袋をゆっくり開け、まるで秘密の宝物を見せるかのように開いていく。袋から出して食べることは不可能だというくらい白いチーズソースがたっぷりかかっていて、「いただきます」とかぶりつくのを見るだけで強烈なインパクトだった。

「それ、なんでスプーンついてるの？　それで切って食べるの？」

「ふっふっふ、違うんだよ。チーズソースを最後に掬(すく)うため！」

「なるほど！　でも食べにくそうだね」

彼はプラスチックのスプーンを振ってみせる。

「いいや、結構慣れると食べやすいかも」

「ふふっ、そんなことないよ。口の周り、サンタみたいになってる」

「えっ、マジで！」

手鏡を渡して、ソースだらけの口を見せると、彼は「ぐあっ」と変な悲鳴をあげる。

そのリアクションが面白くて、食べる手を止めて私も吹き出す。

ほら、やっぱり一緒だとなにを食べても美味しいんだ。


「よし、ちょうどいい時間だね。映画館に向かおっか」

食事も終えて、銀行の大きなビルと居酒屋を通り過ぎ、大通りに出て並んで歩く。

「優羽はこの辺り、よく来る？」

「うん、映画はここに見に来ることが多いかな。最近、近くにモールができて、その中にも映画館入ってるんだけど、車じゃないと行きづらいからさ」

「分かる分かる。わざわざバスで行ったりしないもんね。あっ、あそこ」

不意に朔也君が、道向かいの和菓子屋さんを指差す。

「あそこのお団子屋さん、夏は冷やしみたらしってのを売っててすごく美味しかった」

「へえ、来年食べてみたいな。朔也君、和のお菓子も好きなんだ」

「うん、抹茶(まっちゃ)味は苦手だけどね。独特の苦みがあるじゃん？」

「確かにね、苦手な人は苦手かも。私はあそこの漢方屋さんがいつも気になっちゃう」

目に映るあちこちのものを指しながら、十五分の徒歩の間ずっと話す。映画館が目的なのに、この時間だけでも十分に楽しかった。

やがて映画館に着く。私が中学に入った頃にできた、この辺りでもかなり大きめのシネコンだ。三連休の初日、しかもギーツ魔術学園は大ヒットということもあり、チケット売り場はかなり混雑していた。

「いい席空いてるといいね」

「あっ、言うの忘れてた。俺チケット買っておいたよ！」

「えっ、ホント？」

「いい席で見たいからさ、母親にお金渡して、カードで買ってもらってたんだ」

そう言って発券コーナーに並ぶ。二次元バーコードをかざすと、チケットがトンッと二枚落ちてきた。私と見るために準備してくれていたことに胸が高鳴ってしまう。

「朔也君、ありがとう。お金、席ついたら払うね」

財布を取り出した私に、朔也君はその言葉を待ってましたとばかりに得意げな笑みを浮かべ、手のひらをピッと立ててこちらへ向けた。

「ううん、大丈夫。お誘いしたんだから、今回は俺にプレゼントさせて！」

「でも……」

「いいから、今日はプレゼントする気でいたんだから」

「じゃあ……うん、ありがと！　いつか私からもなにかお返しさせてね」

申し訳ないと思いつつも、そんな風に考えていてくれたことが嬉しくて、今回はお言葉に甘えることにした。

「後ろの真ん中、かなりいい席だから楽しみにしてて！」

朔也君は子どもみたいにはしゃぎ、ニッと歯を出して笑う。

前髪が目の上くらいまで伸びていて、少し右に流しているから、左側のおでこが綺麗に出ている。柔らかい表情も、少し垂れて優しそうな目も、いつも見ているはずなのに、改めて間近で目にすると違う印象を受けるのは私服だからだろうか。それともふたりきりだからだろうか。

「こんにちは。第七スクリーンへどうぞ」

チケット担当に案内されて、奥まったスクリーンへ進む。分厚いドアを開けて、予約していた後部座席まで行くと、本当に真正面の見やすい位置だった。

「映画の予告編って楽しいよね。俺、見てるとすぐ行きたくなっちゃう」

「うん、私もイマイチな映画だと、予告編の方が面白かったってときあるもん」

「そこまで？　優羽の映画評は辛口だなあ」

私の返事がおかしかったのか、彼は手で口を押さえてクックッと笑い声を漏らした。

「……じゃあさ、お互い予告で同じの見たいってなったら、都合ついたらまた見に来ようよ」

「え……うん」

僅かなオレンジの明かりの中での、条件付きの約束。また一緒にここに来られるかもしれないという期待が、体中を駆け巡る。

朔也君と見たい映画が被るといいな。その無言の願い事をスクリーンに投げかけた後、ゆっくりと照明が落ち、予告編が始まった。


「面白かったね。私、ラストシーンすごく好きだった」

「先生が海に沈むところでしょ？　俺ちょっと泣いちゃったもん」

席を立ちながら、朔也君は自分が好きだったシーンを挙げてくれる。

「でもあの箒が自分から折れたシーンは理由がよく分からなかったなあ。優羽、分かった？」

「多分だけど、魔術の影響で箒にも意思があったんだと思う。それで、フィルを危険な目に遭わせた自分自身に腹が立って、命を絶ったんじゃないかな」

「あー、そういうことか！」

映画が始まる前の予告編も好きだけど、見終わった後に感想を言い合うのも同じくらい好きだ。ヒロインの演技、迫力あるバトルシーン、美味しそうな魔法界のケーキ、話題をポンポンと変えて話しながら、エスカレーターを下っていく。

「続編も見に行きたいなあ」

ポツリと口にした朔也君に、テンションの上がっていた私はふたつ返事で「うん、行こう」と返す。そして、彼からのプレゼントのくだりを思い出した。

「今度はお返しで私からチケット贈らせてね」

「え、それはいいよ。ほら、今回みたいにネットで取った方がいいし。じゃあ、劇場でポップコーン買ってよ」

「んー、考えとく。ここキャラメル味しかないしなあ」

ポップコーンでどの味が好きかという話題に移った後、予告編の話をする。お互い、刑事が主役のミステリーが気になったので、もう一本ふたりで見られる作品が増えそうだ。心の中で小さくガッツポーズしながら、映画館を出た。

「この後どうしよっか。優羽は時間は大丈夫なの？」

「うん、まだ大丈夫」

スマホを見ると十五時半過ぎ。家には夕飯前に帰ると言ってあるから、まだ余裕がある。

「じゃあさ、雑貨見ない？　この前、リビングポップの新しい店舗できたでしょ？」

「うん、見たい！　渡会書店の上のフロアだよね？　私、本屋も行きたいな」

こうして夕方まで、雑貨を見たり本屋を覗いたりして過ごした。オシャレな物や新しい物に触れているだけで楽しいけど、朔也君と一緒だとその気分もひとしおだ。

「今日は俊矢君は出てこないね」

「あー……緊張してるからだろうな」

「え、そうなの？」

「……女子とふたりで出かけるとか、滅多にないじゃんね」

エレベーターに乗っている途中、そう言って頬をかいているのを見て、心臓が早鐘を打つ。

俊矢君の「デートだな」という言葉が脳内でリピートされた。

あのときは否定したし、今だって違うと思っているけど、でも、緊張してるって話が本当だといいな。私みたいに、着る服を迷ったり、昨日ドキドキでうまく寝つけなかったり、していてくれたらいいな。

私なりに一歩踏み出して文化祭の準備を始め、朔也君とこうして仲が深まっている。

確実に、いい方向に進んでいる。

このときは、それを疑うこともなかった。

名前をつけて

それは九月二十七日、火曜日の急な出来事だった。

「悪い、優羽。今日ちょっと、先に帰るから」

「あ、う、うん。分かった」

特に理由も告げずに、朔也君は足早に教室を出ていく。あんなに急いでいるのは珍しいけど、焦った表情を見ていたら「どうして」とは追及できなかった。

仕方ないので、教室にひとり残り、明後日の朝締め切りのミニポスターのデザインを考える。

文化祭実行委員会が作る、クラスと部活の企画や、校内のフロアマップを載せたパンフレット。その巻末付録のような形で、各企画の紹介をまとめたミニポスター集が入る。装飾として正門付近に掲示する大きな画用紙サイズのポスターとは異なり提出は自由となっているが、パンフレット本編では文字だけで企画を紹介しているため、より興味を引くこのポスターを提出するクラスや部活がほとんどだ。もちろん読む側からしても、出し物の内容がパッと分かるこの巻末付録はありがたい。

朔也君と話し、先に考えていたビラのデザインをベースに、少しだけ絵柄を変えて提出しようということになっていた。

「……ううん」

時間が経っても、出てくるのは唸り声だけ。ノートに「レトロ」「喫茶」「袴」など、分かり切った単語を書き殴っているのが、集中力が欠けているのを如実に表していた。

「優羽ちゃん、どしたの？　考え事？」

机に近づいてきた里沙が、いつも放課後は朔也君が座っている前の席に腰掛ける。

「うん、ちょっとミニポスターのデザインで悩んでてさ。ビラも普通のポスターも作るから、同じようなトーンにしちゃうとつまらないかなって」

「そっかあ、確かにバラエティーあったほうがいいもんね」

共感を頬に詰め込んで、里沙はぷうっと膨れる。丸くてかわいい輪郭が、さらに丸くなった。

でも、実際はちゃんと悩めていたわけじゃない。朔也君の動揺した様子が目に焼きついてしまって、そわそわしてしまう。

こんな風に、上の空になっていたせいだろう。

「……里沙ちゃんってさ、好きな人いる？」

「え……」

「わっ、ちょっ、あ、その……っ！」

ボーッとするあまり、とんでもないことを口走ってしまう。騒がしい男子グループが教室に残っていたおかげで誰にも聞こえてなくて本当によかった。

「なになに、優羽ちゃん、いるの？」

「あ……う……まだよく分からないけど」

ここまで打ち明けてしまった後に完全に否定するのも無理があるだろう。観念してコクンと頷く。

すると里沙は「そっか」と微笑んだ。

「私は今はいないなあ。でも急にどうしたの、相談乗るよ？」

「ん……大したことじゃないんだけどさ……なんか、その人のちょっとしたことで頭いっぱいになって、なんにも手につかないときって困らない？」

「分かる！　困るよね！」

彼女はずいっと身を乗り出し、大声で即答した。

「作業したいのに全然集中できなくてさ。中学くらいのときは『それが幸せ』なんて思ってたけど、最近はなんか『煩悩、消えて！』ってなることある」

目をカッと見開いて大声を出す里沙がおかしくて笑ってしまう。私の悩み事に共感してくれたのも、たとえ予想できたとしても誰が気になっているのか詮索しないでいてくれるのも、すごくありがたかった。

「そういうとき、里沙ちゃんはどうしてるの？」

難しい質問だったと思うけど、彼女はしばらく腕組みをして考えた後、自分自身の答えに納得したように自信のある顔つきで私に再び目を合わせた。

「その人のいいところや尊敬してるところを挙げてみる、かな。なんかね、やっていくうちに、『自分もその人と一緒にいて恥ずかしくない人間になろう』って思うんだよね。そうするとまた集中力が戻ったりするの」

「そっか……そんな方法もあるんだ。ありがと、里沙ちゃん」

「ううん、役に立ったならなにより！　ポスター頑張ってね！」

大げさなほどに手を振って里沙は教室を出ていく。私も少しだけノートに向き合ったものの、家で続きをやろうと決めて帰り支度を始めた。


「次は、馬場町、馬場町。丸島百貨店へは、こちらでお降りになるのが便利です」

バスに揺られながら、私は里沙に言われたことを思い出していた。

朔也君の尊敬しているところはどこだろう。頭脳明晰なところ、クラスの誰とでも仲がいいところ、物腰が柔らかくて喋りやすいところ、まっすぐに顔を見て人の話を聞いてくれるところ。パッと思いつくだけでいくつも出てくる。

でも一番は、病気にも負けずに穏やかに笑って過ごしているところ。知らないところでたくさんの苦労を背負いながら、折れずにしなやかに日々を重ねているのが本当にすごいと思う。

自分が彼と同じ立場なら、あんな風に生きられるだろうか。そんな空想を巡らせるうちに、家の近くの小学校が見えてきた。

「ただいま」

「あ、優羽、おかえり」

まだ夕飯には若干早い夕方。リビングには下ごしらえをしている母と、クッキーを食べている美羽がいた。今日は部活は休みらしい。

「聞いてよ、優羽！　美羽ね、実力テスト学年で三位になったの！」

「えっ、三位！　すごいじゃん！」

思わず本気で褒め言葉が飛び出してしまう。あの進学校で三位なら、国内どこの大学でも受かるチャンスがあるだろう。

「これはどこを志望するのか楽しみね」

「やめてよお母さん。ホントにたまたまだから」

たまたまでもすごいものはすごいわ、と母は自分が成し遂げたかのように自慢げだ。

美羽はひけらかすのもひけらかされるのも好きではないらしく、それ以上はなにも言わなかった。いい姉だな、と素直に感心してしまう。

「優羽も広報係頑張ってる？　家族みんなでポスター見るの楽しみにしてるからね」

「うん……まあそれなりにやってるよ」

母に雑に返事をして、美羽が手元に寄せてくれたクッキーの箱から一枚取り出しサクッと食べる。仄かに苦いのは、紅茶の風味のせいだけではないだろう。

美羽が実力テストで学年一位を取った中学一年生の秋を境に、母は私に勉強のことをあまり言わなくなった。進学についての話題はたまに出るものの、いつしか私には趣味や学校生活の話しか振られなくなってしまったことが、少し寂しい。自分は諦められたのかもしれないと、そう感じてしまう。「美羽に少しでも近づけるように勉強しなさい」と怒られることが、時折たまらなく恋しくなる。

「ふう……」

さっきの母親への返事を反省しつつ、尊敬する朔也君のようにはなれなそうだ、と静かに溜め息をつく。

優秀な姉がいると、心穏やかに笑って過ごせない。「その人と一緒にいて恥ずかしくない人間になろう」どころじゃなくて、自分が朔也君と一緒にいていいのか、と気にかけてばかりだ。里沙のアドバイスは今の私には実践が難しい。

でももし朔也君が、映画を見に行ったときのように一緒に過ごしたいと思ってくれるなら、そばにいたい。そんなことを願ってもいいのだろうか。そのくらいのワガママは許されるだろうか。考え込みながら食べるクッキーは、やっぱりほろ苦かった。

　翌二十八日。間もなく十月ということで、少しずつ肌寒い日が増えてきた。男子はワイシャツだけの人も多いものの、女子はみんな衣替えを待たずにブレザーを着ている。昼休みの今は比較的気温が高いけど、夕方からは冷え込むと、朝の天気予報でお姉さんが繰り返していた。

「朔也、ギーツ魔術学園見に行かね？」

「ああ、いや、実は先週もう見たんだよね」

「マジか！　残念！」

　テンションの高い友達に誘われている朔也君。でも、私にはその顔がいつもより相当元気がないように見える。なんとか気力だけで笑顔を作っているような、そんな雰囲気。

「朔也君、今日、打ち合わせできそう？」

　廊下に出る体で彼の前を通り過ぎがてら、話しかけてみる。彼はこちらをゆっくり見上げ、力なく口元を緩めた。

「ん……でき、るよ」

「あ、いや……よく考えたら私の方でもう少しビラのデザイン見直したいって思ってたんだった。だから明日以降で大丈夫だよ」

クマのある目を見せられたら、迷いながら返事をされたら、大丈夫としか言えない。それくらい、いつもの朔也君とは違っていた。もちろん俊矢君でもない。みんな、この変化に気付かないのだろうか。

「そうなの？　分かった。優羽、ごめんね、任せきりになっちゃってて」

気にしないで、とフォローして廊下に出ていく。すぐには戻る気になれなくて、渡り廊下を通って南校舎の方まであてもなく歩くことにした。

昨日焦って帰っていた、あの件が関係しているような気がする。友達とトラブルでもあったのだろうか。母親となにかあったのだろうか。あるいは、俊矢君のことだろうか。考えれば考えるほど思考がネガティブにからめとられてしまって、こんなに長く感じる昼休みは珍しかった。


放課後、普段はゆっくり帰り支度をするのに、ほぼいの一番で教室を出る。そのまま足早に靴箱に行き、正門を出ると右に折れた。最近はふたりで歩くことが多かった緑道をひとりで突き抜け、中平公園へ。少しずつ気温も下がって風も出てきたのに、小学校低学年くらいの男の子ふたりが半ズボン姿で芝生でボールを蹴って遊んでいる。

小さい子はいつでも元気だ。

「はあ……」

ベンチに座り、一息ついて休憩する。別に急ぎの用があったわけではないけど、なんとなく彼がここに来る気がして、先に待っておきたかった。

十分ほど経って、予想通り朔也君が姿を現した。いつものように周りの景色を見るのではなく、地面を見つめながらとぼとぼと歩いている。

芝生を横切ってこちらに近づき、私に気付いてハッと顔を上げた。その表情は、まるで教室でエネルギーを使い果たし、電池が切れたかのように憔悴している。それでも私に「優羽、来てたんだ」と呼びかけ、少しだけ口角を上げた。

「うん……朔也君も来る気がして」

「大当たりだったね」

彼はちらと向かいの病院に目を遣った後、いつものようにベンチの隣に腰掛け、すぐに体の中のものをすべて吐き出すように溜め息をつく。それは、さっき私がベンチに座ったときの一息とは比べ物にならないくらい大きなものだった。

「どう、したの？」

ずっと溜め込んでいた言葉。今なら、この状況なら伝えてもいいだろうと、私はお腹にグッと力を込めて勇気を出し、朔也君に訊いてみる。

「ああ、そうだよね、気になるよね」

朔也君は前屈みになって両手を組み、いつもより低い声で「ごめんね」と謝った。

「んっと……」

長い沈黙が、彼の苦悩を雄弁に語っていた。どう伝えようか、迷っているのかもしれない。それはまるで、私に解離性同一性障害のことを打ち明けてくれた日のように。

やがて、彼は小さく頷く。そして体全体を捻って、横にいる私とまっすぐに向き合った。

「……余命宣告、みたいなもの、受けたんだよね」

「……え？」

あまりに突然のことに、一瞬で頭が真っ白になる。本当に驚くと、間の抜けた声が出るものだ。

余命？　って、あの余命？　あと三ヶ月しか生きられない、みたいな？

本や映画でたくさん触れていたものが、一気に記憶の中で蘇る。

「嘘でしょ、朔也君、死んじゃう……の？」

言いたくもないことを声に出して、朔也君にぶつける。すると、彼はゆっくりと首を横に振り、想像もしなかったことを口にする。

「体はそのままだけどね……俊矢の人格がどんどん強くなってるらしい。このままいくと、来月末くらいに主人格の俺がいなくなるんだって」

　私の頭はもう一度真っ白になって、今度は声も出なかった。

「…………」

　黙ったままの朔也君に、私はなんて声をかけたらいいのだろう。自分が励まされた映画のワンシーンや曲の歌詞や漫画の名言がいっぱいあったはずなのに、なにも浮かんでこない。

「なにかの間違い、だよね？」

　結局口をついて出たのは、フィクションの世界で何度も聞いたような言葉だった。間違いなんてことはないと、分かっているのに。

「ね、俺も初めは同じこと思ったよ。俊矢なら分かるけど、俺の方が消えるのはおかしいだろって」

　朔也君は苦笑する。かろうじて〝笑っている〟と呼べるような表情で。

　続けて彼は、医者からの説明をポツリポツリと話してくれた。

　なぜ、交代人格と呼ばれる方ではなく、主人格と呼ばれる本人の人格の方がいなくなるのか。非常に稀なケースだが、海外では同様の症例があるらしい。俊矢君の出現時間がこれまでずっと一日一、二時間だったのが、最近少しずつ増加しているようで、この兆候を踏まえるとほぼ間違いなくそうなるだろう、というのが医師の見立てとのことだった。

このまま、交代人格だった俊矢君の占有時間が増えていき、やがて起きている時間の三、四割を占めるようになる。そこから短期間で加速度的に俊矢君の現れる時間が増えていき、最終的に完全に置き換わり、朔也君は消える。端的に言えばそういう症状で、現代の医学ではどうにもならない、ということだった。

「……というわけなんだよ。ほら、映画の午前中に病院で検査あったじゃん？　その結果のことで昨日医者から母親ともども呼ばれてさ。で、いきなりこの話聞かされたんだ。残酷なことするなあって思ったけど、他の病気と一緒で若いとかなり進行が早いらしいから、今このタイミングで教えてくれたんだろうな」

「そう、なんだ」

半ば放心状態で、おざなりな相槌を打つ。音としては聞こえていたけど、頭がついていかない。

脳全体が、それを理解することを拒絶しているような。自分ではない別の誰かの世界を覗いているような、そんな感じ。

現実感がない。現実味がない。

朔也君はどうなってしまうんだろう。本当に、十月の終わりにはいなくなってしまうんだろうか。それ以上のことは考えられない。

朔也君が静かに口を開く。

「まあこんなに冷静に言ってるけどさ。やっぱり俊矢のことは恨んじゃうけどね。散々俺の時間を邪魔して、最後に俺の体まで取るなよって」

ジョークのような口調で言う彼の自虐的な話は、真実味がこもっていてうまく笑えない。きっと、今は本当に恨んでいるのだと思う。

「来月末って言ってたからな。文化祭まではいられると思うんだけど」

「文化祭……」

それを聞いた途端。

レトロ喫茶、広報係、ポスター。私の日常とリンクし、一気に現実に引き戻される。

朔也君がいなくなってしまうかもしれない。そのことを痛いほどに理解した。

なんでさっきまで頭が理解を拒絶していたのか、今はよく分かる。自分を守るため。

彼の話をいきなり真正面から受け止めたら、心が破けてしまうから。

「イヤだ」

そして、一言だけ、純粋で単純な感想だけが言葉になった。

「なんで？　なんで朔也君が？　イヤだよ。なにか方法ないの？　ほら、日本じゃダメでもさ、海外で手術とかできないの？　そういうのニュースで見たりするじゃん」

「優羽」

「お金の問題とか？　だったらクラウドファンディングとか見てみようよ。前にネットの記事で臓器移植の手術費を集めたって――」

「優羽って」

早口に捲し立てていた私を、朔也君が静かに諌める。黙るしかなくなった私は、僅かに開けていた口をゆっくりと閉じた。

「そんな顔しないで、優羽」

「……うん」

自分がどんな表情をしているか分からない。目や口のコントロールが利かなくて、きっと随分変な顔になってしまっていることだけは確かだった。

「帰ろっか。明日からまた広報係頑張らないとね」

「……そだね」

数分の沈黙が続いて、朔也君は静かに呟く。私は頷くことしかできなくて、夕焼けになりかけの太陽に照らされながら力なく歩いた。

「発車します。手すりにしっかりお掴まりください」

家に向かうバスに乗る。帰宅部の生徒と部活をやっている生徒、それぞれの下校時刻のちょうど間だったからか車内は空いていて、ひとり席に座って窓の外を眺める。

大通りを少し進んで曲がり、商店街のクリーニング屋や肉屋が見えた。

「……イヤだ」

さっきの出来事を思い出す。夢だったらいいのに、と軽く窓ガラスにゴンッと頭をぶつけてみるけど、振動が脳に伝わってくるだけ。

気付いたら、頬が熱かった。顎まで伝った涙がぽとりと落ちて、ブラウスの襟を濡らす。

自分が涙を流しているのだと、ようやく分かった。

「イヤだよ……」

そのまま体勢は戻さない。この方が周りにバレないから、窓に突っ伏したまま泣く。

朔也君がいなくなった後の学校を想像するだけで、胸が張り裂けそうになる。そして、ただの友達ではこうはならないことも知っている。

自分の気持ちに向き合うのが少し怖かっただけで、きっと、ずっと前から分かっていた。

彼に向けた、このまっすぐで偽りない想いに、〝恋〟と名前をつける。

それももう遅かったのかもしれないと思うと、どうしようもない寂寥感が水滴になって目から溢れた。

第3章　タイムリミット

「じゃあ今日はお待ちかね、実力テスト返すわね」

昨日の朔也君の告白から気が沈んだままの私にお構いなく、えーという悲鳴のような叫び声が教室を包んで一気に賑やかになる。

テストからちょうど一週間経った二十九日の木曜、少しずつ答案が返される頃だ。

最初に返ってきたのは、五時間目の英語だった。

「平均は七十五点くらいだったかな。じゃあ相薗さん」

自分の名前はかなり早い方なので、心の準備をする前に呼ばれてしまう。

「明橋さん」

教卓まで行って、丸ばかりとは言えない答案用紙をもらう。六十八点。平均を下回っているその数字に、喉の奥がグッと詰まるような気分になる。

夏休みは英語の復習を中心にやったし、ある程度の長さの英文をいくつも読んで長文慣れしたはずなのに。長文の大問がバツだらけなのを見て溜め息すら出ない。

「朔也、九十三点じゃん！　すげえ！」

「ん、たまたま読めたからさ。勘で解いたところも当たってたし」

二列離れたところで、彼の声が聞こえた。間違えたところを確認しないといけないのに、昨日の話がすぐに蘇ってきて、意識が埒外に置かれてしまう。

一日経っても、やっぱりどこか信じられない。今、近くでこんな風に一緒に過ごしている人が、来月にはいなくなってしまうなんて。「騙された？　嘘だったんだ」と冗談めかして笑ってくれたら、怒りながらもどんなに嬉しかっただろう。そんな種明かしもなくて、本当だったんだと再確認するたび、切なさが膨らんで最後には頭が真っ白になる。

今日はずっとこんな調子で、体が自分のものではないかのように、意識がふわふわしていた。

悪いことは重なる。テスト返却のすぐ後、放課後のショートホームルームのことだった。

「文化祭のことで報告があるぞ」

柴崎先生が思い出したかのように切り出す。文化祭当日まであと三週間ちょっと。昇降口近くの柱や廊下の掲示板にも開催を知らせるポスターが貼られ、少しずつ祭の足音が聞こえてきていた。

「えっと、広報係……は土元と明橋だっけ。文化祭実行委員から各担任宛に報告があったんだけど、パンフレットの巻末に入れるミニポスター集、原稿未提出だったのでうちのクラスは掲載なしでいきます、とのことだ」

「あっ！」

思わず小さく叫んだ。斜め前に座っている朔也君も両手で口を押さえている。朔也君の病気のことで頭がいっぱいで、昨日描くことも今朝提出することもすっぽり抜け落ちていた。

「マジで、出してないの？」

「ほぼ全クラス出すよね？　ありえなくない？」

クラスから小声で文句が聞こえ、心臓がギュッと縮こまる。申し訳ない気持ちと情けない気持ちが混ざって、目の前が真っ暗になりそうなのをなんとかこらえていた。

「ごめんなさい、俺が完全に忘れちゃってて……」

つらそうにそう呟く朔也君に乗っかるように、「私もすみません」と言うのがやっと。それすら、緊張して思いっきり小声になってしまった。

「まあ、出すのは必須じゃないけど、せっかく企画やるんだから、できたら提出できた方がよかったな。正門に飾る方の正式なポスターは期待してるぞ」

柴崎先生からやや叱責混じりのフォローが入り、ホームルームは終了となる。

私の横を、わざとらしくゆっくりと通り過ぎる香奈。気乗りはしないもののやむをえず顔を上げると、鼻でフンッと息をして、眉を下げて目をうっすら細めている。その表情には、軽蔑のようなニュアンスさえ感じられた。

朔也君が「ごめんな」と友人たちに謝っているのが耳に入ってきた。

でも、今回悪いのは私だ。朔也君は病気のことで悩んでいたのだから、私がしっかり仕事をやらなきゃいけなかった。一緒に悲しんでいる場合じゃなかった。

私が悪い、私が一番悪い。ストレートに自身を責める言葉を反芻(はんすう)して、自分に罰を与えていく。

朔也君に絵を教えたり、広報係に挑戦してみたり。そんな風に少しずつ踏み出してみても、自分の能力がないばかりに、ちょっとした出来事で全部崩れてしまう。そしてすぐに、「どうせ自分なんて」という棘のある自嘲が脳内に反響する。

私になんて無理だった。こんな風に結局もとに戻るなら、初めからやめておけばよかった。自分に期待なんて、しない方がいい。

「優羽ちゃん……？」

私の顔色をうかがいながら、小声で里沙が話しかけてくる。なにも話す気になれなくて、「なに？」とぶっきらぼうに答えてしまう。

「大丈夫？　あの、こんなこと今聞きたくないかもしれないけど、みんな失敗することあるから、あんまり気にしすぎないでね……」

「うん、ありがと。大丈夫だから」

ホントに聞きたくない、と言いそうになったのを我慢して、それでも会話を早く切り上げようとピシャリと返事してしまう。「またね」ととぼとぼ帰っていく彼女を見て、今度は友人にひどい対応をしてしまった自分に嫌気が差す。どうにもならない負の連鎖だった。

大きな溜め息をつきながら、脳内でひたすら自分を詰問する。なぜ覚えておかなかったのか、机にメモでも貼っておけばよかったのに。私のせいで企画を紹介する機会が減ってしまった。いっそみんなで嵩に懸かって私を追い詰めてほしい。もう二度と、大事な仕事をやろうなんて思わなくなるくらいに。

そして、さっきのテストの結果も思い出し、「やっぱり私なんて」という言葉がまた浮かんでくる。

自分は頑張っても平均点にも届かない人間なんだ。朔也君とは違う。そんな、自分で自分を傷つける言葉だけが浮かんでくる。

こんなことを考えていると、必ず頭の中に彼女が浮かんでくる。

美羽なら。美羽ならこんなことにはならないだろう。きちんとやることを管理して、朔也君を気遣いながらも期日の前日には提出しているに違いない。もちろん、実力テストだってしっかり上位に食い込んでいただろう。

私じゃなきゃよかった。同じ顔なら、自分じゃなくて美羽がやればよかったのに。

悔しくて、悲しくて、自分がイヤで、もう涙も出ない。つらいことが重なって、心がどんどん萎れていく。

同じ顔はふたりもいなくていい、自分はいらない。それでいいじゃないか。もとの自分に戻るだけだ。

手をギュッと握りながらそう言い聞かせることで、なんとか平静を保っていた。

「優羽」

今日は公園にも寄らずに帰宅しよう。何人かのクラスメイトがあれがいいこれがいいと楽しそうにレトロ喫茶のメニューを決めている前方でバッグに荷物を詰めていると、朔也君がきまり悪そうに話しかけてきた。

「ホントにごめんね。完全に忘れてたよ」

「ううん、朔也君は色々大変だったんだし、仕方ないよ。私が悪いんだから」

「いや、優羽だけが悪いってことはないよ」

「そんなことない」

彼の意見をきっぱりと否定する。周りが騒がしいことを確認し、小声で話を続けた。

「朔也君、病気のことで広報どころじゃなかったじゃん。そういうときこそ私がしっかりしないといけないのに、一緒になって落ち込んだりしてるだけでなんの役にも立たなかった。悪いのは私だよ」

「優羽、あんまり自分のこと責めないで」

「今日責めなくていつ責めるの。徹底的にやった方がいいんだよ。今日はもう帰るね」

バッグを肩に掛けて足早に廊下に出る。逃げようと思い、いつものように左に曲がらず、右に曲がって靴箱から遠い方の階段を下りていく。「待ってよ」と急いで追ってきた彼が、後ろで心配そうに私を見ているのが分かる。

でも、なんだか勢いがついてしまって、自虐的な言葉が止められなかった。

「いつも放課後付き合ってくれてありがとね。こんな私に」

「……俺がそうしたいからしてるだけだよ」

階段の踊り場で振り返って笑ってみせると、彼は真顔でそう答えた。

私が今、朔也君と話せるのは、私が目立つからでも勉強ができるからでもない。たまたまあの公園にいたから。私じゃない別の誰かだったら、その人が秘密を知って親密になった。自分は偶然仲良くなれただけで、私じゃなくてもよかった。

そんなこと、分かっていたはずなのに、思考がどんどん後ろ向きになっていく。

他の人が、もっと朔也君にお似合いの人が彼の病気のことを知ったら、もっと仲良くなっていただろう。例えば、例えば美羽だったら、朔也君と一緒に勉強できたかもしれないし、朔也君に教えることもできただろう。そう思うだけで心がギリギリと締めつけられるのに、イヤな想像が止まらない。

いくつも選択肢があったら、私を選んでくれるだろうか。他の人や姉の方がいいに決まってる。〝姉じゃない方〟の私は、いつも比べられて惨めになるだけ。

「朔也君も、もっと私のこと責めていいんだよ？　それだけのことをしたと思ってる。大失敗しちゃった。私がやるべきじゃなかったよ。ごめんね、朔也君。お姉ちゃんならよかったのに、ごめんね。私、劣化コピーだから」

「そんな言い方するなよ！」

急に大声を出され、肩がビクッと震える。

朔也君は眉間にしわを寄せ、キッとこっちを睨んでいる。普段とはまったく違う口調からも、とめどない波のように激しい怒りが感じられた。

「優羽は劣化コピーなんかじゃないよ。前に言ったよね、君はお姉さんとは別の人だよって。俺なりに一生懸命言ったけど、伝わってなかった？」

「そういう……わけじゃないけど……」

あのときはちゃんと届いていた。今はそれが心から消えているだけだ。でも、そんな弁解みたいなことを口にする気にもなれなくて、言い淀んでごまかした。

「こんな言い方したらアレだけどさ」

朔也君はバタンバタンと大きな音を立てながら階段を下りてきて、私に近づく。そしてフッと自嘲混じりの笑みで切り出した。もう暑さは凪いだはずなのに、私の首筋を汗が伝う。

「俊矢こそ劣化コピーだったよ。俺と同じ顔の、たまにしか出てこない、言葉遣いが乱暴なコピーだった。もう少ししたら本物になるけどね」

「そんなことな――」

「コピーだよ。だって俺から生まれたんだから。でも優羽は違うでしょ？　お姉さんとは違う人でしょ？」

彼が私にグッと詰め寄る。息がかかりそうな距離で、真剣な眼差しで私を見ている。

「俺は、自分でいたかったのに、自分でいられなかった。優羽はそうならないことができるんだよ。強い言い方してごめん、それだけ伝えたくてさ」

またね、と言って彼は足早に階段を下りていく。

最後に柔らかい口調に戻ったその優しさが、逆に私の心を締めつけた。

「自分でいたかった……」

世界中の多くの人が簡単に叶えられてしまう朔也君の望みを復唱しながら、私も静かに靴箱に向かう。

やっぱり公園に行く気にはならなくて、逃げるようにバス停に向かった。

バスに揺られながら、私はさっきのやりとりを思い出しつつ、子どものように拗ねていた自分を省みた。

自分が情けなくて、悔しい。彼の隣に自信を持っていられるようになりたいと思っていたのに。その願いを自分で台無しにしてしまったことに、自己嫌悪の炎で灰になるまで焼き尽くしてしまったことに、胸の奥にじくじくと鈍い痛みが走り、目をギュッと瞑った。

どうして自分はいつもこうなんだろう。朔也君に優しい言葉をかけてもらって元気でいられるようになっても、些細なことで気が塞ぎ、自分はダメだと卑屈になってしまう。

その理由は自分でもとっくに気付いていた。人にどれだけ「劣化コピーじゃないよ」「姉とは違う人間だよ」と言われても、自分でそう思っていないから。私が私を認めてあげられていないから。

だから、私自身の考え方を変えなきゃいけないんだ。

翌日の三十日、金曜日。朝のショートホームルーム前。私にはやるべきことがあった。ふたりに、昨日の態度を謝罪しないといけない。自分の振る舞いのせいでイヤな思いをさせてしまった。

「ねえ、里沙ちゃん」

まずは里沙だ。声をかけると、彼女は不安そうな表情で視線を合わせた。そのタイミングで、顔の前でパチンと両手を合わせる。

「昨日、イヤな態度とってごめん！　自分で自分に腹が立ってイライラしてて……声かけてくれて嬉しかった、ありがと」

そう言うと、彼女はホッとしたように息を吐いて頬に手を当てた。

「ううん、そういうときってなに言われてもしんどい気持ちになるよね。私の方こそ、フォローにならないようなことしちゃってごめん」

お互い胸に閊えていたものを吐露（とろ）し、私は「本当にごめんね」ともう一度謝った。

よし、次は朔也君だ。でも、どう切り出していいか分からない。

バッグに入れていた教科書やノートを出しつつ、困って机の天板に息を吹きかけていると、誰かが私の隣に近づいてきた。

「これ、素敵だね」

「あ……ホント？」

朔也君が優しく微笑んで、手に持っていたクリアファイルに入っているビラのデザイン案を指差す。

「かわいい感じの内装と丁寧に描いた服のギャップがすっごくいいよ。じっくり見ちゃうし、教室に来てみたくなると思う」

「そっか、よかった」

いつもと変わらない様子の彼にやや動揺しつつも、自分から話しかけてきてくれた気遣いに感謝する。

「このまま本番の描いてもらっていい？」

「うん、分かった」

この流れで謝ろうかと思ったものの、急だったので言葉に迷う。必死に考えているうちに、チャイムが鳴り、柴崎先生が入ってきてしまった。せっかくのチャンスだったのに、とがっかりしていると、机に戻る直前に朔也君が耳打ちしてくる。

「放課後にこの続き、外でやろうね」

「え？　あ、う、うん」

一瞬、なんのことか分からなかったものの、すぐに気付いた。公園に行くということなんだろう。


「朔也、またな」

「おう、またね」

あっという間に放課後が来て、クラスの友達と挨拶して教室を出る朔也君の後をついていく。

日中に謝りたかったけど、移動教室が続いたり昼休みは朔也君が友達に相談を受けていたりと、なかなかふたりの時間が合わなかった。

靴箱で靴を履いて、いつものようにお互い正門を右に曲がる。

話しかけたいけど、前を歩く朔也君を呼び止める勇気が出ない。無言で歩く道は、いつもの何倍も時間がかかっているように感じられた。

やがて中平公園に着き、ここ一ヶ月ですっかり座り慣れたベンチに腰を下ろす。

伝えるなら今しかない。怖いけど、朝は話しかけてもらったんだから、今度は私が頑張る番だ。

握った手をジッと見ている朔也君に「あの」と話しかけると、パッと顔を上げて私の方を見た。

「朔也君、昨日はごめんなさい。ちょっとしんどいことが重なって、卑屈になっちゃってたの。朔也君が言ってくれたこと、ちゃんと伝わってるからね」

「ううん、俺の方こそ、昨日はごめんね。感情に任せて言いすぎた」

正直に気持ちを伝えた私たちを褒めるように、柔らかい風が吹く。ややあって、彼も私も笑みをこぼした。

「よかった、仲直りできて！」

「うん、私もよかった」

これで元通り。心の奥に沈殿していた鉛のような重荷が取れたようで、体も軽くなった気がする。

「ふう、ビラのデザインも決まったし、仲直りもできたし、今日はいい日だ！　ビラ、作ってるのちょっとずつ見せてね。制作過程を見せてもらえるの、楽しみなんだ」

「そうなの？　じゃあたまに写真撮って送るよ」

ビラのデザインは、まだ朔也君と私のふたりだけの秘密だ。完成したらみんなに見せて驚かせようということになっていた。

「優羽、ポスターの方も考えてるの？」

「うん、少しずつだけど案は考え始めたよ。ビラと同じようなものにしようと思ってるけどね」

Ａ４を四枚貼り合わせたサイズの、Ａ２のポスター。それを各クラスや部活から集めて、正門横の立て看板に貼っていくのがうちの学校の特色。入口ですべての企画が一目で分かるという仕組みだ。

案を考えている、という私の返事に、彼は「そっか」とにっこり返事した。

「ポスターは完全に優羽にお任せしようかな。どんなものが出てくるか、みんなと一緒に俺も待つ！」

「えっ、いざ出して期待外れだったら困るよ」

眉間にしわを寄せると、彼は「そんなことないって」と両手をぶんぶん振った。

「俺、優羽の絵好きだから期待外れにはならないよ。それに……文化祭、だからさ、いろんなこと楽しみたいし」

歯を見せて笑う朔也君に、口角の上がりきらない曖昧な表情で返す。

今の一瞬の間に、彼がなにを考えたか手に取るように分かった。「今年が最後の文化祭だし」と言いかけたのだろう。答えに困って、私はなにも気付かないフリをした。

「せっかく来たから、俺ちょっとだけ絵描こうかな」

「うん、私も！」

文化祭の準備で忙しくなっても、色鉛筆や自由帳のセットは持ってきていた。いつでも朔也君と描けるように。

「風景画の下描き、ごちゃごちゃしちゃって難しいね。優羽はどういうこと考えてレイアウトとか決めてるの？」

「んー、大きなイメージで捉えてから描くことが多いかな」

私は描きかけの絵を見せ、鉛筆の持ち手側の方でコンコンと叩く。

「上は木々、右は水路、下が芝生、左に少しだけ遊具、って感じかな。それを頭に入れてから、大体ここにこれを描こうって感じでレイアウト決めていってる。でも、描く予定の範囲より広いところまで見えちゃうから、コスモスと同じように写真撮って描くと楽だよ」

「なるほど……でもせっかくだから写真撮らないでチャレンジしてみたいな」

「そっか。ふふっ、夕方になると影のつき方とか変わったりするから気を付けてね」

「うわっ、難度高いな！　やっぱり写真撮っておこう！」

眉をキュッと吊り上げて叫びながら、それでも朔也君はどこか楽しそう。

「大きなイメージ……イメージ……」

真正面の風景を見ながら、朔也君は白い紙に線を描き足していく。

穏やかな表情を浮かべる彼の横顔に思わず見蕩（みと）れた後、私も自分の絵に色鉛筆で命を吹き込み始めた。

色を塗る作業は没頭できる。小学生がはしゃぐ声もまったく気にならない。夢中になって青の上から黄色を重ね、緑の芝生を再現していく。

「朔也君、順調──」

彼の方を向くと、目つきの悪い表情で手元の自由帳を見ている。さっきまで描いていた紙はしまったらしい。

「ああ、オレだよ」

「えっ、俊矢君？」

どうやら私が夢中で作業している間に入れ替わったようだ。

「明橋が集中してるから邪魔しないようにって、こっそり交代したみたいだな」

「そっか、悪いことしたな」

「気にすんなよ。アイツが勝手にやったことなんだから」

いつもの怒ったような口調で返す彼に、私は相変わらずだと苦笑した。

今月の頭よりも、俊矢君になるタイミングが早く、時間も長くなっている気がする。気のせいかもしれないけど、そんな小さなことで気落ちしてしまう。これから先、もっと増えていって、朔也君の笑顔を見る時間が短くなっていくのだろうか。そう思うと、胸がグッと苦しくなった。

ちらりと俊矢君を見ると、彼も私に視線を向けていた。やがて、視線を真正面に戻し、ポツリと呟く。

「仲直りできてよかったな」

「え……うん、ありがと」

朔也君との一件を気にかけていてくれたのだろうか。私の考えが伝わったのか、彼は「別に心配してたわけじゃねえぞ」と座ったまま伸びをした。

「明橋と一緒じゃないと、朔也もなかなかこの公園来ないからな。オレがここに来るためには喧嘩してもらってちゃ困る」

本当にそう思っているのかもしれないし、照れ隠しなのかもしれない。どちらにしても、俊矢君から「よかった」なんて言ってもらえたことが、驚きでもあり嬉しくもあった。

「そうだ。昨日、家で交代してるときに『遠雷（えんらい）のイルカ』読んでみた。明橋が朔也にオススメしてたやつだろ？」

「あ、うん。俊矢君も読んだんだ」

朔也君もすでに読んでいるはず。内容は記憶として共有されていると言っていたけど、俊矢君個人として読んでみたかったということなのだろう。

「まだ序盤だけど、結構面白い。自分で読むとまた違ったワクワクがあるな」

「人から概要を聞くのと自分で読むってまったく違うから、それと同じかもね。中盤にかけてヒロインの謎がもうひとつ増えるから楽しみにしてて。あと、あれドラマにもなってるんだけど、結構再現度が高くて……」

思いがけず、私が薦めた本の話をする。共通の話題ができてよかったという気持ちと、もう後半まで読んでいると言っていた朔也君ともこの話がしたいという寂しさがないまぜになって、話の途中で小さく溜め息をついた。

「………」

不意に俊矢君が黙り込む。彼は、自由帳に視線を落としていた。

「絵、描いてみる？」

やや冗談混じりで軽く誘ってみると、意外にも彼は「おう」と頷いた。

「やってみっかな。朔也の記憶で、描き方はなんとなく分かるし」

そう言って、彼は目の前のコスモスをジッと見つめる。

「これがいいな。ふたつ並んでるの、仲良さそうでいい」

彼が指したのは、薄い紫と濃い紫の二輪のコスモスだった。すぐさま写真を撮り、コルクボードの上に置いて下描きを始める。実際に俊矢君として描くのは初めてだからか手つきは不慣れだけど、確かに朔也君の記憶をもとに、ある程度描けている。

「花、少し小さくない？」

「いいんだよ、オレが描ける時間なんか限られてるんだから、大きいと時間かかるし」

「そっか。じゃあ私も続き描こうかな」

自分の色塗りを進めつつ、たまに俊矢君の方を見る。花びらの描き方が朔也君と少し違っていて、こんなところでも個性が出るのかと驚いてしまう。美羽が絵を描くときも、私とは違うタッチになるのだろうか。

「どう、楽しい？」

思い切って訊いてみると、彼はこっちを一瞥した後、下描きを見せてきた。

「ああ、思ったよりは。これ、どうだ。うまく描けてるだろ？」

「わっ、花びらの形とかすごく上手！」

そう言うと、彼は僅かに微笑む。楽しい時間を過ごせているなら、誘ってみた甲斐がある。

しばらくふたりで描き続けていたが、紫の色鉛筆を寝かせて花びらを塗っている途中で、彼はゆっくり椅子にもたれかかった。

「そろそろ交代っぽいな……今度続きを描きたいから、と」

彼は縦開きの自由帳を開き、厚紙になっている裏表紙に重ねるように自分で描いていた絵を挟んでバッグにしまう。

「ここならアイツにも気付かれないだろ。これは朔也には秘密だ。オレの記憶はアイツには共有されないしな」

「そういうわけじゃないけど、オレが描いてること知る必要もないだろ」

そして「朔也にはナイショにしとけよ」と念を押して、彼はスッと眠るように俯いた。

やがて彼は目を開けて、「優羽、待っててくれてありがと」と至近距離で手を振る。

ああ、朔也君の表情だ。そう思うだけで鼓動が速くなってしまう。

「俊矢は相変わらずだった？」

「ああ、うん。仲直りできてよかったなって言ってくれたよ」

「へえ、アイツにしては珍しいな」

「ふふっ、単に自分が歩きたいからこの公園に来てほしかっただけみたいだけど」

俊矢君も知られたくなさそうだったので、絵の話は内緒にしておいた。

「じゃあ、絵の続き少しだけやろうよ」

「そうだね。私、もうすぐ完成するかも」

「ホント？　見られるの楽しみにしてる！」

そして、暗くなり始める夕暮れまで、私たちはたまにお喋りしながら目の前の景色を紙に映していた。

帰り際、色鉛筆を片付けながら、朔也君が少しだけ硬い声のトーンで口を開く。

「あのさ、優羽」

「ん？　どしたの？」

訊き返すと、彼は顔をこちらに向けたまま、脳内で文章を読むかのように目をキョロキョロさせる。やがてスッと勢いよく息を吸って、人差し指を後方に向けた。

「明日、ここの最寄りから三つ隣の駅で収穫祭があるんだよね」

「収穫祭？」

「うん。夏にやるお祭りと似たようなものでさ。いつもこの時期にやってるんだ。神輿も出るし、露店もあるよ」

「へえ、面白そう！　今年の夏はどこのお祭りも見てないしなあ」

朔也君は、私のリアクションを嬉しそうに聞いていた。

「よかったら、一緒に行かない？」

「え……いいの？」

「うん。誘う気で紹介したからさ」

そう言って彼は照れ隠しのようにそっぽを向く。

映画のときと同じだ。これはデートなのだろうか、それとも気の置けない友人として遊びに行くだけだろうか。一瞬だけ気になったものの、すぐにどっちでもよくなった。声をかけてもらえただけで、もう十分に嬉しかったから。

翌日、間もなく夕方という収穫祭の当日。私はスマホを高速でフリックし、メッセージを送る。

【あと五分で着く、ごめんね】

【ううん、気にしないで。改札出たところに売店あるから、そこ見てるよ】

返事を確認して、そわそわしながら電車の窓の外を見る。万全に準備したはずなのに肝心の財布を忘れてしまって取りに戻った結果、乗りたかった電車を一本逃した。自分がイヤになりながら、車窓に映った自分の髪を見てサッと手櫛で整える。急いで走ったからか、少し乱れていた。

向かいに座っている甚平を着た小学生と幼稚園生くらいの兄弟は、お母さんに注意を受けつつもはしゃいでいる。私と同じように、収穫祭に行くのかもしれない。

「やっぱりそうだ」

一緒の駅で降りるのを見て、小さく呟く。

外はかなり暑さが和らいでいた。間もなくして太陽が夕日に変わればさらに涼しくなるのだろう。夏のお祭りも情緒があっていいけど熱中症が怖かったりするので、この時期の開催は参加者としてもありがたい。

「ごめんね朔也君、遅くなっちゃった」

「大丈夫だよ。急がせちゃってごめん」

改札を出た少し先に大きな柱があり、朔也君はそこで待ってくれていた。ライトグレーのTシャツにネイビーの薄手のジャケット、ベージュのチノパン。綺麗な青いガラスのついたネックレスを首から下げているのがオシャレだ。

「ほら見て、面白いもの見つけちゃった」

朔也君が『クエン酸たっぷり！』と書いてあるチューイングキャンディーの開け口をピリピリと開けてひとつ私にくれる。その四角いキャンディーをふたり同時に口に入れてむぐむぐ頬張っていると、急に中に入っていたクエン酸の粒がざらざらと舌の上に溢れ出した。

「わっ、酸っぱい！」

「めっちゃ酸っぱい！　でも俺好きかも！」

口をめいっぱい窄(すぼ)めながらふたりで笑い合う。こういう楽しい時間が当たり前のように私の日常にあることが幸せで、それが制限時間付きだということが切ない。

でも、きっと朔也君の方がつらいはずだから、彼の前では、なるべく明るく振る舞っていたい。

「じゃあ行こうか」

「うん。あ、あのね、私服でごめん。浴衣の方がよかったよね？」

「え、全然そんなことないよ！」

彼は即座に両手を前に出して振る。伸びた前髪が、真似するように一緒に揺れた。

「ベージュのスカート、お揃いみたいでいいじゃん。それに一緒に来られただけで嬉しいよ」

「そっ……か、それならよかった」

自分のフレアスカートと彼のパンツを見比べる。濃淡は違うけど、お揃いなんて言われるとドキッとしてしまう。彼も今日を楽しみにしてくれていたと分かったことも、心臓がうるさくなる原因だった。

「じゃあ行こっか。優羽は屋台で好きなものある？」

「私、子どもっぽいけどハッカパイプ好きだよ」

日が暮れ始めた駅前を抜けて、大きな通りに向かって歩いていく。並んで歩くけど、手を繋いだりはしない。

朔也君は私のことをどう思っているんだろう。怖くて訊けないけど、いつも気になっている。

いつか私にも、想いを訊く勇気が、想いを伝える勇気が出るだろうか。

「あ、お神輿出てる！」

　太鼓と笛の音が聞こえる方を見てみると、大通りを神輿を担いで練り歩く法被(はっぴ)姿の集団の周りに人だかりができている。わりと大きな神輿で、大人の男性が三十人ほどで担いでいた。

「歩行者天国にして、いくつかの町内会の神輿が順番に通っていくんだ。結構見応えあるよ」

「すごい迫力。なんか近くにいるとエネルギーもらえる感じがする」

「お、優羽も担いでくる？」

「ふふっ、そこまではいいかな」

　かつてはこの町の田畑の豊作を祝って収穫祭をしたらしいけど、開発が進んでほぼ農家がいなくなった今はお祭りだけが残ったという。大通りの左右には屋台がたくさん並んでいて、お祭り然とした様子は活気に満ち溢れていた。

「よし、まずは美味しいもの食べよう。俺お腹空いちゃった」

「うん。あ、あそこすごく並んでる。ハリケーンポテトだって」

　賑わう町に飛び交う呼び込みの声に吸い寄せられるように、屋台を見ながら歩いていく。焼きそばやお好み焼きといった主食から、唐揚げやポテトのような軽食、デザートはワッフルに季節外れのかき氷と、美味しそうな店がずらりと並んでいた。

「優羽、ハッカパイプあったよ」

「ホントだ」

朔也君の指差した店に駆け寄り、中を覗いてみる。キャラクターをかたどったソフトビニールに、赤・青・緑さまざまな色の笛型のパイプがついていた。

　隣に朔也君が並び、興味津々といった様子でパイプをじっくり見る。

「俺、実は買ったことないんだよね。このパイプを吸うの？」

「そうなの。この中にハッカの香りのついたお砂糖みたいなのを入れて吸うんだよ。吸い口が狭いから砂糖を一気に食べることはできなくて、何粒かちょっとずつ食べていくの」

「そうなんだ、初めて知った！　面白そう、俺も買ってみようっと」

「じゃあまずパイプから選ぼ。ここはハッカの香りも選べるみたい。イチゴとかオレンジとか」

　ふたりでわいわい言いながら、七、八十種類はあろうかというパイプを見ていく。本物のパイプみたいなデザインもあるけど、やっぱりキャラクターものの方が童心に帰れて楽しい。

　私は海外の有名アニメキャラのパイプにイチゴのハッカ、朔也君は日本のゲームキャラのパイプにメロンのハッカを買った。紐がついているので首から下げ、吸い口を咥(くわ)えて吸ってみる。イチゴのフルーティーな香りのハッカが口いっぱいに広がり、清涼感で満たされた。

「おお、これ面白いな！　優羽の言う通り、一気に吸えないのがもどかしい！」

「でしょ！　でもその分長く楽しめていいんだよね！」

思わずテンション高く返してしまうのは、祭りの活気に当てられたからだろうか、それともふたりで同じことをしているのが楽しくて仕方がないからだろうか。

「これさ、なくなったらどうするの？　ハッカ買ってきて詰め直すの？」

「それもできなくはないと思うけど、普通はこういう使い方するの」

私はキャラ人形の部分を取って、もう一度パイプを咥え、今度は吹いてみた。

ヒューーーーーッ！

急に鳴った甲高い音に、朔也君は目を丸くしている。

「ホイッスルになるんだよ。よく考えてあるでしょ？」

「すごい！　俺今日、ハッカパイプ知れてよかった。教えてくれてありがとう！」

手品を見た子どものようにはしゃぐ彼をかわいいと思いながら見ていると、隣の露店ではおもちゃを売っていた。随分子どもで賑わっていると思ったら、お店のお兄さんが手品を披露している。手品グッズも売っているけど、今からやろうとしているのはそういうグッズを使わないトランプマジックだから、本人が趣味で覚えたものを見せようとしているのだろう。

「さあ、ここにクラブ・ダイヤ・スペードのエースがあるね。一旦裏返すよ」

お兄さんは扇形にして見せていた三枚のカードを裏返しにし、並行に並べ直した。

「これからカードを混ぜていくから、ダイヤのエースがどこにあるか、よく見ておいてね」

言いながらカードをスッスッと混ぜていく。そして何人かの子どもたちを指名して当てさせた。

「では、答え合わせ。当たってるかな？」

カードを開くと、クラブ・スペード、そしてハートのエースになっていた。ダイヤはどこにもない。子どもたちから「すげー！」と拍手が起こる。

「えぇー、なんで！」

私も声を出して驚く。まったく種が分からなかった。

「朔也君は分かった？」

「うん、これはわりと有名だからね。スリーカードモンテって呼ばれてるヤツだよ、確か」

「えっ、教えて教えて」

「ううん、どうしようかなあ」

からかうような表情をする彼に、「意地悪しないでよー」とツッコむと、「はいはい」とスマホを取り出しながら教えてくれた。

「クラブとスペードの二枚で、ハートマークの上の部分をうまく隠してるんだよ。ほら、カードをこうやって重ねるとダイヤみたいに見えるでしょ？」

「……ホントだ！」

スマホで手品の種明かし動画を見せてもらう。カード上下の端にあるハートのマークも、綺麗に隠れていた。

「ちょっと見せ方を変えるだけでまったく違うマークに見えるんだ、面白いよね」

彼はスマホをしまった後、キョロキョロと屋台を見回す。お腹が空いたのだろうか。

「ねえ朔也君、ハッカだけだとお腹膨らまないからもっと食べよ！　ほら、あっちにじゃがバターある！」

「おう、いいね、行こう！」

数歩先を歩きながら手招きして彼を呼んだ。

さっきポツリと浮かんだ疑問の答えは、実はとっくに分かっている。こうしてふたりで過ごしているのが楽しくて仕方ないからだった。

ペットボトルみたいな

「ふう、食べた食べた」

「ありがとね朔也君、手伝ってくれて」

大通りからすぐに入れるようになっている大きな神社。その階段に並んで座り、朔也君は食いしん坊みたいにお腹を撫でた。

お好み焼きを二人前買ったけど思ったよりボリュームがあって、私の分も半分彼が食べたので、もう相当満腹になっているだろう。

くっきりと三日月が浮かぶ夜、相変わらず神輿の音は鳴りやまない。年に一度のこの地域でのお祭りということもあって、どの町内会も気合いが入っている。

食事が一段落した人や歩き疲れた人も多いらしく、神社の階段はカップルや友達同士の即席の休憩所と化していた。

彼はどこか怒ったような真面目な顔で、ジッと石畳の一点を見つめて黙っている。

私はたまらず、必要以上に元気に話しかけた。

「朔也君、この後どうする？　まだ帰るには早いよね？」

「優羽さ、俺――」

「あ、ちょっと食休みしたらお神輿見ない？　私さ、実はちゃんと見たことがなくて。さっき調べたんだけど、一般の人も一緒に担げるお神輿が出るんでしょ？　それやってみたいなって」

「優羽」

もう一度名前を呼ばれ、私は観念して「なあに？」と聞き返す。

「人格のこと、色々考えてみたんだ」

やっぱりこの話だ。さっき黙っていたときの表情から、なんとなく察しはついていた。正直、今日は話したくなくて懸命にごまかそうとしたけど、今日が一番話しやすいということもよく分かっていたから。

「想像してみたけど、自分がいなくなるってよく分からない感覚なんだよね」

「……そうなの？」

「俊矢が出てきているときって、俺は水槽みたいなところで眠ってるような状態なんだよ。だから、体感的にはほぼ一瞬の出来事なんだよね。眠りに落ちたと思ったらフッと目が覚める、みたいな」

なるほど。私も疲れているときに寝ると、すぐに朝になっていることがある。それと同じようなことなのだろう。

「もともと、親に反抗するために俊矢が出てきてさ。それで今、俊矢の出現時間が増えてるっていうけど俺には『今日は一日が早いな』くらいにしか感じられない。もちろん、交代する頻度が多いときは気付くけど、俊矢が表に現れるのが一時間から二時間になっても眠ってる俺からしたら一緒だからさ。だから、これから先もそんなに変化に気付かないまま、どんどん寝る時間が長くなって、最後はずっと眠ったままになるんじゃないかと思うんだ。いつもみたいに急激な眠気が来て、そのまま俊矢にずっと部屋の真ん中の机を譲ってるんだろうって」

「うん……うん」

私はただ頷いていた。

いつ訪れるか分からない彼の最後の交代は、そんなにあっさりと終わるのだろうか。私も実感が湧かないし、だからこそ彼も「よく分からない感覚」と表現したのかもしれない。

「でさ、少しでも前向きになれることってないかなと思って、自分がいなくなった後の周りのことを考えてみたんだよ。俺がいなくなっても体はこのままだから、俊矢が土元朔也を名乗ることになるよね？　そしたら病気のことを知らない人たちからすれば、『ちょっと性格が変わったのかな』と思われるだろうけど、ちゃんと俺として見てくれると思うんだ。クラスメイトも徐々に慣れていく。そうすれば、中身が変わっても、土元朔也って存在は生き続けられる」

淀みなく喋る朔也君。きっと、すらすら言えるくらい何度も考えたに違いない。

自分がいなくなっても、土元朔也はいなくならない、だから大丈夫――。

いつでも穏やかで優しさに溢れる彼らしいその言葉をうまくのみ込めないでいると、彼は風で乱れた前髪を右手でサッと直し、空を見上げる。大きな雲とはぐれたような徒雲（あだぐも）がふたつ、夜空にぽつんと泳いでいるのを見ながら、私も頭の中で答えをまとめていた。

「確かに、言う通りかも。体がなくなるわけじゃないもんね、俊矢君のことは周りにはバレないで、朔也君のフリをしたまま過ごせるかもしれない。でも、私からもひとつだけ言わせてね」

私から意見があるのは予想外だったらしい。彼は眉を吊り上げて驚いた後、頬の汗を指で拭いながら、石段に座ったまま若干背筋を伸ばしてまっすぐにこちらを見た。

「体が同じなら同じ人、なんてことはないよ。体ってきっとペットボトルみたいなもので、中に入るものが違ったら色も味も変わるんだ」

「ん……」

誰かが石畳に置いていった空のペットボトルを見遣りながら、話を続ける。

「体が同じだって関係ないよ。俊矢君になったら、それはもう別人なんだよ。朔也君じゃないんだよ」

「……そうかもね」

彼は、そう一言だけ口にした。

〝自分〟ってなんだろう。体が同じでも、脳を入れ替えたら、その脳の持ち主が〝自分〟になるのだろうか。体も脳も同じでも、人格が変わったら、〝自分〟はどうなるんだろう。

医学も脳科学もなにも分からない。でも、土元朔也という人格がいなくなるのなら、それは死んでしまうのと一緒だと思う。記憶が俊矢君に引き継がれたとしても、朔也君とは違う。心の中ではそれを理解しているから、彼も「余命宣告」という言葉を使ったに違いない。

「初めて病気のことを打ち明けてくれたとき、朔也君はふたりいるわけじゃない、ひとりだよって言ったよね。その気持ちは今も変わってないの。土元朔也君は確かにここにいて、ここにしかいないの。それでね……」

「……それで？」

声が揺れているのが自分でも分かる。でも、最後まで言い切る。これを伝えられるのは、彼の両親以外には、秘密を知っている私だけだから。

「朔也君のさっきの考え方はすごく前向きで素敵で、変わったことにまったく気付かない人もいるかもしれない。だからそう思っていいの。でも、私はその話を聞くたびに伝えてあげる。朔也君がいなくなったら、私は寂しいよ」

瞬間、彼は呆然とした（ぼうぜん）ような表情になった。階段に置いていたお好み焼きの空のパックが入った袋が、ガサリと落ちる。

「朔也君が変わったのをちゃんと知ってるから、いなくなったら寂しくなる。それだけ、ちゃんと分かってて」

しばらく硬直したように固まっていた朔也君は、やがて目をギュッと瞑る。そして目を開けると真っ赤になった目で、いつもと同じように微笑んだ。

「ありがとう。優羽がそう言ってくれたことも、優羽と今日こうして遊んだことも、忘れずにいたいな」

「ん……忘れないでいて」

正直な気持ちを伝えて、鼓動が速くなるのが分かる。

いつから好きでいたんだろう。多分、あの公園で出会ったときから、〝明橋優羽〟を認めてくれたときから、ずっと彼のことが好きだった。

朔也君は、空をジッと見て考え事をしている。なにか悩んでいるのだろうか。

やがて、私に向き直って、大通りの方を指差した。

「行こっか。俺も近くで神輿見てみたい」

「うん、行こう」

話を終えて、もう一度並んで歩く。私の想いが伝わったなら、今はそれで十分だ。

「すごいね、神輿の数が増えてる」

朔也君の言う通り、パッと見えるだけでも三基のお神輿が大通りを練り歩いている。祭りも一番混んでくる時間帯なのか、どんどん人が増えてきた。

お神輿に近づくと、周辺にいる人たちの波にのまれて、おしくらまんじゅうのような状態になる。オールスタンディングのライブはこんな感じなのだろう。

「だいぶぎゅうぎゅうになってきたね」

「優羽、はぐれないようにね」

後ろの人に押され、一回だけトンッと手の甲が触れ合う。はぐれないようにという言い訳で繋いでもいいのだろうか。そんなことを迷っているうちに朔也君も横から強く押されたらしく、腕までぶつかりそうになった。何度も触れ合う指と指に、緊張で目が回りそうになる。

どうしたらいいか分からなくなったタイミングで、警備員さんが「お神輿から離れてください」と光る警棒のようなものを回しながら人ごみを整理し始め、私たちの手はスッと離れた。心臓がもたなかったから助かったけど、ちょっとだけ残念にも思う。

「……ふう」

朔也君は小さく溜め息をつき、「ちょっと喉渇いちゃった」と苦笑いした。

「あそこにトロピカルジュース売ってるから買ってくるよ。優羽、なにか飲みたい味ある？」

「ううん、特には」

「じゃあ俺のオススメで選んでくるね。ここで待ってて」

そう言って彼は屋台まで走った。

さっきの嘆息が、私と同じように悩んだり残念がったりしている証ならいいのに。

朔也君のことになると、どんどん余計なワガママが生まれてしまう。

近くのガードレールの前で彼を待つ。浴衣だったら汚れが気になってこんな風に寄りかかったりはできなかっただろうけど、やっぱりもっと喜んでくれたかな。

通りゆく浴衣姿の女子たちを見ながら、ちょうどいい温度の風を髪で受け止める。

数分後、朔也君はふたつのカップを持って戻ってきた。それぞれ黄色と青色のジュースが入っている。が、どこか表情がさっきと違う気がする。

その理由は、彼が口を開いてすぐに分かった。

「はい、明橋はブルーハワイな。朔也はパインを飲む気だったらしい」

「あ、うん……ありがと……」

私への呼び方、少し苛立っているような目つきの悪さ。どうやら買っているうちに俊矢君になったらしい。

これまでは中平公園でのんびり過ごしているときに交代していたのに、こんな買い物の途中で急に入れ替わるなんて。それ自体が〝人格の乗っ取り〟の兆候のようで怖くなってしまう。

そして同時に深い悲しみに襲われる。大好きな人との時間が、俊矢君に奪われる。俊矢君に悪意がないのは分かっているけど、朔也君が別人に上書きされていくのが、悔しくて仕方なかった。

「飲まないのか？　金は朔也に戻ってから払ってやって」

「ん、ありがと」

真っ青なジュースの入ったプラスチックカップを受け取り、ガードレールに並んで寄りかかる。トロピカルジュースのくどいくらいの甘さは好きだけど、今は大して美味しくなかった。

「オレ、祭り見るの久しぶりなんだよ。やっぱり見てると元気になるよな」

「分かる、エネルギーもらえるよね」

興味深そうに祭りを眺めている俊矢君を後ろから見る。屋台を覗いてくる、とひとりで歩いていった彼が「満腹で入りそうにねえな」となにも買わずに戻ってきたのは二十分後のことだった。

私と同じようにガードレールに寄りかかり、今日屋台で食べたものの話を終えたところで、突然俊矢君は溜め息をついた。

「本人から聞いてるんだろ？　朔也がいなくなるなんてな」

真正面を向いて、唐突に他人事(ひとごと)のように話し始めた彼に、私は「えっ」と驚いてしまった。

「あれ、知ってるよな？」

「いや、知ってたけど……急にその話振ってくると思わなくて」

「そりゃあオレも当事者だからな……どうしたらいいんだろうな」

しかめっ面で大きく息を吐く彼に、無性に腹が立ってくる。

――なんでそんな困ったようにしていられるの。困っているのは朔也君の方なのに。アナタにそんなことを思う権利はないのに。

「ったく、ホントに参ったぜ」

その軽い口調で、私の怒りは一気に沸点に達する。そして、勢いのままに叫んだ。

「なんで俊矢君がそんなこと言えるの……？　そんなこと言っていいの？　アナタが……俊矢君がいなければ、朔也君は消えなくて済んだのに！」

興奮状態で息を切らす。周りの人の視線も気にならない。こんなに大声で怒鳴ったのは、何年ぶりだろうか。

俊矢君は驚いたように口を開けて目を見開いていたが、やがてフッと笑みをこぼす。

それはこれまで見ていた意地の悪いものとは違う、悲しそうな笑顔だった。

「ああ、そうだよな。ごめんな」

「……ううん、気にしないで」

手持ち無沙汰になった俊矢君は、右の首筋をかいて黙り込む。

一度噴き出した感情は止まらなくて、苛立ちを抑えられず、その後も二言三言素っ気なく会話しているうちに時間が来たようで、ようやく朔也君に戻った。

「ごめんね、優羽。まさか並んでるときに交代になるなんてね」

「私もびっくりしたよ」

えへへ、と彼は苦笑した。まったく同じ顔なのに、表情でどちらか分かる。人間の顔ってすごい。私と美羽も同じ顔だけど、朔也君の前に並んだら見分けてもらえるのだろうか。

「ちぇっ、トロピカルジュース、飲みそこなっちゃった。数滴残ってるから、これで飲んだことにするかな」

「飲まれちゃったもんね」

私が笑うと、朔也君も一緒になって笑う。朔也君と一緒だと、穏やかにいられる。さっきまで波立っていた心が少しずつ凪いでいく。

不意に、彼はジッと私の顔、口の辺りを凝視した。

「ど、どうしたの？」

「優羽、舌がゾンビみたい」

「え？　あ、ホントだ！」

スマホのカメラで自分を映してみると、ベロがこの世の生き物ではないような真っ青になっていた。

「恥ずかしい、ブルーハワイのせいだね」

「なかなか迫力があっていいよ。優羽、ちょっとゾンビやってみてよ」

「ええっ、そんなの急に言われてもできないよ」

「簡単だって。こうやって舌を出しながら低く唸ればいいんだよ。ほら、ヴウウウウウ……」

突然ゾンビの真似をし始めた朔也君が全然怖くなくて、思わず吹き出してしまう。

学校ではない場所で、いつもと違う朔也君を見られるのが嬉しかった。

「ヴウウウ……」

唸るのをやめて、黙り込む朔也君。視線の先には、今日見た中で一番大きな神輿が威勢のいいかけ声とともに担がれている。

「俊矢が出る頻度がちょっとずつ上がってきたな」

「ん……」

返事に困ってしまう。否定するのはおかしくて、でも口に出して認めたくもなくて。このまま交代の頻度がどんどん上がっていって、いつか朔也君が消えてしまう日が来る。想像するだけで不安の海に沈んでしまうその未来が、イヤに現実味を帯びてきているのがただただ怖かった。

「入れ替わったら、みんな気付くかな？」

「気付くかは分からないけど、絶対みんな不思議がると思うよ。俊矢君、表情も話し方も違うもの」

だよな、と朔也君は口元を緩める。

「感謝はしてるんだけどね、いつもつらいときにアイツが出てきて父親と闘って……」

そこで、朔也君は言葉を止めた。どうかしたのだろうかと顔を覗き込むと、なにかを閃いたかのように、口を半分開けたまま固まっている。そしてややあって、合点がいったとばかりに小刻みに頷いた。

「俺さ、ずっと俊矢は父親に抵抗とか反抗するために生まれてきたんだと思ってたんだよね。でも、俺がつらいときに出てきてたってことは、俺を守るために生まれてきた、とも考えられるなって」

「あっ！」

言われてみればその通りだ。朔也君の代わりにお父さんと相対するってことは、結果的に朔也君を助けてあげていたということになる。

「まあ、どっちにしても、父親がいなくなったのに消えてない理由は分からないんだけど……あと、もうひとつ気付いたことがあって」

「うん、聞かせて」

「ずっと自分のことばっかり考えてたけどさ。俊矢だって、急にこの世界でずっと生きることになるのは、きっと怖いんじゃないかな」

「……あ、確かに、そうかもしれない」

父親の期待から朔也君を逃がすために、俊矢君は生まれてきた。陰で助ける人格だったはずなのに、どんどん表に出ることが増えて、もうすぐこの世界で毎日生きることになる。俊矢君もまた戸惑っているのだと、さっき彼に身勝手に怒ってしまった私はようやく理解した。

「気付けてよかった。さっきのカードの手品と一緒だね。ダイヤの上に重なったカードを取ったらハートが現れるみたいに、冷静になって見方を変えたら違ったものが見える。全部捉え方次第なんだな」

朔也君は清々しい表情でトロピカルジュースのカップをツンと弾く。

「優羽、帰る前にもう少し見て回ろうよ」

「うん、そうする」

彼の後ろを歩きながら、私は朔也君が話してくれたことに感心していた。すべては捉え方次第。私も、そんな風に考えられるようになってみたい。

朔也君といると、世界が広がる。その幸運を噛みしめながら、まだまだ熱気に満ちているお祭りをふたりで一緒に回った。

自分と、彼と、向き合う

　お祭りから帰ってきた日の夜一時。朔也君や俊矢君のことを考えるとなかなか寝つけず、一階のリビングに下りてマグカップで麦茶を飲む。ぼんやり過ごしていると、廊下に足音が響いた。

「あれ、美羽。どうしたの？」

「ううん、寝つけないなあと思ってたら階段下りる音が聞こえたからさ、ワタシも飲みに来ちゃった。優羽こそどうしたの？」

「私も、なんか眠れなくてさ。階段、うるさかったかな、ごめんね」

　美羽は首を横に振って「階段、最近ギシギシ言うよね」と笑い、家でリフォームしたい場所の話題になる。姉とこんな風に他愛もない話をするのは、随分と久しぶりのことのように思えた。

　やがて美羽は、ジッと私の目を見ながら小さく首を傾げる。

「なんかあったの、優羽。浮かない顔してる」

「……やっぱバレちゃう？」

「そりゃあね、同じ顔で十何年過ごしてないよ」

「なにそれ」

よく分からない理屈がおかしくて破顔してしまう。

シンクを見つめながら飲んだカップを洗っていると、ハートの絵柄が目に入った。

朔也君が話してくれたことを思い出す。見方次第でハートがダイヤに見えたように、美羽についても私が見えていない部分があるのだろうか。

「美羽ってさ、勉強が簡単なの？」

ふと口にしてしまったその質問にきょとんとした彼女は、すぐに眉をクッと下げて苦笑する。

「そんなわけないでしょ。毎日ちゃんと予習と復習しないと太刀打ちできないわよ。先生も最近は志望校の話うるさくなってきたしね」

「陸上部でも簡単に走れたりしてないの？」

「簡単に走れるようなタイムじゃなんの大会にも出られないわよ。ワタシは特別速いわけじゃないし、目標決めて必死に練習して、それで運が味方すればなんとか、って感じかな」

「そう、なんだ」

右手をひらひらさせて困ったような表情を見せる彼女は、私とほとんど変わらない高校二年の女子高生だった。

私は、美羽のことをどこか誤解していたかもしれない。ずっと文武両道なスーパーヒーローのように見ていたけど、思い返せば彼女はいつだって、勉強も運動も全力で取り組んでいた。遅くまで部活をしていたときも、宿題をやると言って早めに二階に上がり、部活がない土曜の朝も早起きしてスパイクに履き替えて外に飛び出していた。もちろん才能だって必要だけど、そのうえに努力を重ねたから今の彼女があるのだ。

それに、美羽は私が困っているときにはいつでも今日みたいに声をかけてくれた。姉として、ペアのひとりとして、いつも私に寄り添おうとしてくれた。そのことも、今ようやく思い出して気付くことができた。

彼女がどんどん離れていっているような気がしていたけど、自分自身をニセモノだと思い、彼女を恨めしく見るばかりで一緒に歩こうとせずに閉じこもっていた。距離を取っていたのは、私の方なのだ。

「あの、美羽さ、変なこと訊くんだけど……私たちってふたりでひとりだよねとか、じゃあ片方いらないんじゃないかなとか、そんな風に思ったことない？」

「はい？」

ホントに変なこと訊くわね、と彼女は手を口に当てて呆れたようにひとしきり笑った後、首を横に振って否定した。

「幼稚園とか小学校一年生くらいのときは思ってたかもしれないけど、顔がすごく似てるだけで別々の人間でしょ。優羽はワタシより絵うまいし。あと聞き上手だと思う。お母さんと話してるのとか聞くと、気持ちをちゃんと推し量って返事してるなあって思うしね」

「顔が似てるだけ……」

いつも〝同じ顔のふたり〟だと思っていた。だから、どうしてもひとり余分な気がしていた。でも、〝すごく似てる〟だけと考えれば、捉え方も違うのかもしれない。

「しょっちゅう落ち込んでたりするのも違うね、ワタシもう少しカラッとしてるもん」

「確かに。美羽はそうかも」

似ている顔同士でくしゃっと顔をほころばせる。落ち込んでいた原因である相手にそのことを指摘されているのが、なんだかおかしかった。

「そういうところも含めて、優羽はワタシとは違う人間だよ」

「……ありがと」

言葉のひとつひとつが、体中にぶつかって、柔らかな温かさを残していく。

うん。美羽にはいつか、私が悩んでいることを打ち明けてもいいかな。

「今度さ、話聞いてよ」

私がそう言うと、彼女は嬉しさを漏らすようにフッと微笑んだ。

「分かった。待ってるね。よし、じゃあワタシは寝よっかな」

「ん、私も一緒に上がるよ」

リビングの電気を消して、静かに階段を上っていく。自分の部屋に入る前に彼女に「おやすみ」と挨拶すると、彼女も「おやすみ」と手を振って返してくれた。

「えいっ！」

なにか叫びたい衝動に駆られつつ、ベッドに腰掛けてから体勢を傾け、バフッと横になった。

美羽が完璧超人ではないと分かったし、〝似ている顔のふたり〟という考え方はしっくりきた。私が私自身を認めるための、ヒントになりそうな気がする。すべては捉え方次第、朔也君の言う通りだ。


「わっ、だいぶ塗れてきたね」

「そうなんだよ、家でもちょっと木の幹のところ塗ったりしたから」

週明けの十月三日、月曜日。今日から衣替えで、ネイビーのブレザーを着ている朔也君が袖をひらひらさせて自慢げに仕掛中の作品を見せてくれた。

今日も時間が取れたので、朔也君とふたり、中平公園で絵を描く。

文化祭準備で学校全体が少しずつ慌ただしくなっていく中で、この時間はふたりでのんびり過ごせる貴重な機会だった。昨日の雨で少し芝生が濡れているけど、渇きを癒やして元気になったように青々としている。

「ねえ、優羽の絵ってなんで色鉛筆なのにそんなツヤがあるの？」

「ああ、これ？　バーニッシングって言ってね、一度色を塗った後に同じ色とかちょっと薄い色とか白色を塗ると紙のざらつきがなくなってなめらかになるの。紙の目が見えなくなるまで塗るから、ツヤが出るのね」

「へえ、いろんなテクニックがあるんだなあ。俺も一度塗った後にやってみよう」

意気込んだ彼はクリーム色の色鉛筆で水路の横の色を塗っていく。お互いほとんど話さない、でも一緒のことをやっている。この時間が、とても愛おしかった。

「こういう時間、楽しいよね」

色鉛筆を置き、真正面を見ながら呟いた彼の言葉を聞き、返しに詰まる。

少しずつ受け入れなきゃいけないと思っているけどやっぱりそんな簡単にはいかなくて、心の中の自分はことあるごとに泣きじゃくっている。でも、自分自身の時間が減っていくことを朔也君も寂しいと思っているはずで。そんな彼が楽しいと言っているのだから、私だけどうにもならないワガママは言えない。作り笑顔で「私も楽しいよ」と返事した。

「……優羽は優しいな」

彼は微笑を湛えた。すぐには意味が分からず、首を傾げる。

「ちゃんと俺の弱い心にも寄り添ってくれる、っていうかさ。自分がしんどい思いを経験してるから、できることだと思うよ」

「そう、かな。うん、それならよかった」

私の本音が伝わっているのだろうか。だとしたら少し恥ずかしい。でも、もし本当に私がずっと苛(さいな)まれていたことが彼の役に立てているなら、悩んでいたことにも意味がある。そう考えると、救われる気がする。

彼は上を見上げてジッと空を見ている。最近よく、こうして考え事をしていることが増えた。どうしたの、と訊こうとしているうちに「ちょっと入れ替わるね」と言って朔也君は目を閉じ、俊矢君に替わってしまった。

彼は少し辺りを見回した後、「よし、描くか」と言って、バッグから自由帳を取り出す。そしてコルクボードに置いてある朔也君の絵を一度どかして、自由帳の一番後ろに折らずに挟んでいた紙を代わりに広げた。Ａ４用紙の左半分に描かれた、二輪のコスモスの絵だ。花びらはすべて色を塗り終わり、あとは葉の一部を残すだけになっていた。

「もうすぐ完成しそうだね」

「ああ、家で交代したときもこっそり塗ってたからな。昨日、完成間近で交代になっちまった」

やや不機嫌そうに言いながら、葉をさらさらと塗っていく。十五分ほどで完成させると、彼はスマホを持って遊具の方に駆けていった。そして半円のアーチを描く太鼓橋の写真を撮って、その画面を見ながら用紙の右半分に下描きをしていく。

「次は遊具描くんだ？」

「ああ。ほら、オレ遊んだことねぇから。だからああいうの見ると興味湧くんだよな」

「そっか……」

彼には幼少期がない。遊具が気になるのも当然なのかもしれない。

ふと、この前のお祭りのときのやりとりを思い出し、ある程度下描きが進んだのを見計らって、私は頭を下げた。

「俊矢君さ、この前、急に怒っちゃってごめんね」

「んあ？　ああ、気にすんなよ。明橋もストレス溜まってただろうしな」

なんでもないように話している彼に、私は続けて質問をぶつけた。

「人格が入れ替わるの、少し戸惑ってるような感じだったでしょ？　やっぱり、怖いの？」

彼は、興味を持たれたことにびっくりしたような表情でこちらを向く。その後、

「かもな」と鼻で短く溜め息をついた。

「なんか、オレって突然できた分身みたいなものだからさ、物心ついたとき、とかな

いんだよな。本当に、気付いたら自分がポンッと白い部屋の中にいたって感じでさ」

俊矢君は、ベンチの背もたれに沿うように背伸びをし、ゆっくりと話し始める。

「それまでの記憶はまったくなくて、まだ部屋に机と椅子もなかったから、この世界でオレが見たことがあんのは部屋の壁と水槽だけだったんだ。分身だから知識としては知ってたけどね、現実の世界に海や山や家があることも」

交代が始まる前、小学四年生のときに、まず朔也君の脳内で、俊矢君が誕生したのだろう。

「でさ、そこで寝るだけの生活だったんだけど、少ししたら部屋に机と椅子が現れて、それでアイツが座ってたんだよ。で、オレが近づくと立ち上がって席を譲ってくれるようになったんだけど、いつも泣きそうな顔で去っていくんだよな。だから状況は全然分からないけど、とにかくアイツのためになにかしなきゃと思った」

そうか。本当に俊矢君は、初めから朔也君を守るために生まれてきたんだ。朔也君の言っていた、そのままだった。

「椅子に座ったらさ、ひゅうって視界が真っ白に眩しくなって、一気に朔也の記憶が流れ込んできた。で、気付いたらアイツの部屋にいたんだ。父親が諸悪の根源だって共有された記憶で分かってたからすぐに突撃してやったよ。かなり乱暴な口利いたけど、結果的にそれでアイツが救われたならまあいいのかなって」

「いきなりお父さんと対立したんでしょ？　朔也君、初めは結構困惑したみたいだよ」

少しだけ茶化してみると、彼は「だろうな」と唇の右端を吊り上げた。

「ちょっとずつ外の世界を見てるけど、新鮮で面白いよな。学校はまだ経験してないけど、ご飯も美味いし、公園に行くと今でも草木をジッと眺めちゃうんだよ。季節で少しずつ花が変わったり葉が落ちてまた満開になったりするの、儚いけど綺麗だと思う。オレのこと知った後に母親と何度か話したけど、毛嫌いせずに接してくれたから慣れた。といっても、母親以外だと明橋くらいしか話してないけどな。だからまあ、これまでは楽しかったよ」

俊矢君は額に手を当てる。その目には、これから先に対する不安が見て取れた。

「でもさ、朔也を助けるためにオレが生まれたわけじゃん。それなのに朔也をなくす、しかもオレが上書きするっていうさ。なんでなんだろうって、オレは本物じゃないのにって、医者の話を共有されたときからずっと思ってんだ」

「そうだよね……」

この前、狭い了見で苛立ってしまったことに改めて恥ずかしくなる。今回の件は俊矢君からしても想定外で、しかももともとの存在意義がなくなる出来事だ。たったひとり、自分と体を分け合っていた朔也君を失うことは、悲しいや寂しいという言葉では片付けられないはず。

「つらいよね……。この前、ホントにごめんね。俊矢君のせいで朔也君がいなくなるって考えたら、なんか、いっぱいいっぱいになっちゃった」

「いや、いいって。ありがとな。そんな風に気遣ってもらえるだけで救われるわ」

俊矢君は口元を緩める。大事な人を失うとき、無理矢理に笑おうとするとこんなに悲しい微笑になるのだと知り、私の目から自分勝手に涙が溢れる。バレないように手で拭ったつもりだったけど、俊矢君に見つかり、呆れたような目をされた。

「あのさ、お前が泣くことないだろ。関係ねえんだから」

「関係ない、かもしれないけど、俊矢君、今すごく悲しいだろうなって思って」

私の言葉に、彼はグッと俯きながら一言だけ吐き出した。

「つまんないこと気にしてんなよ」

しばらく静寂が続く。泣き止んだ私から、どうしても気になっていたことを訊いてみた。

「すごく失礼なことかもしれないけど、ひとつだけ訊いてもいい？　なんでお父さんがいなくなったのに、まだ俊矢君の人格が残ってるの？」

瞬間、俊矢君は虚をつかれたとばかりに驚愕した表情を見せる。その後、なにかを隠すかのようにニヤリと笑みを浮かべた。

「……ちょっと、色々あってな」

彼はふしゅーっと息を吐き出して、体勢を戻す。そして、自分の描いていた絵を自由帳の一番後ろに挟んだ。

「そろそろ寝る時間っぽいな。戻る前にしまっておかないと。アイツ、ずっとひとつの絵ばっかり描いてるからさ、予想通り全然気付かれねえな」

クックックッと意地の悪い笑みを浮かべる俊矢君。喜怒哀楽のある彼が、いつの間にかひとりの人間に見えるようになっていた。

消えゆく君

十月六日、木曜日。あと二週間ちょっとで文化祭、そしてビラとポスターの提出期限が来週金曜日。ビラはほぼ完成しているけど、ポスターはデザインを決めている途中。朔也君に一任されているものの、基本的にはビラを踏襲したデザインで作れば大丈夫そうだ。去年も色鉛筆やパソコンのツールで作った絵が多かったから、色鉛筆で仕上げよう――。

そんなことを考えている余裕が吹っ飛んだのは、お昼前の四時間目だった。

「じゃあこの問題……土元、最初の式だけ書けるか？」

数学で指された朔也君がゆっくり立ち上がる。私は解き方の道筋も掴めていないけど、朔也君は数学が得意だから問題ないだろう。

だがその期待に反し、彼は呆然としたように立ち尽くしながら先生にも聞こえる声で呟く。

「ダメだ、いざ問題見ると分かんねえな……」

教室がにわかにざわめく。間違いなく解けそうな問題が解けなかったこと、そして普段物腰の柔らかい彼からは想像できないその言葉遣いに、俊矢君だ、と反射的に理解する。今まで学校では出たことがないと言っていたのに。

「解けないのか、じゃあ沼井（ぬまい）」

沼井さんが前に出て板書している間、座った俊矢君に隣の種石（たねいし）君が小声で話しかけるのが微かに聞こえた。

「朔也が解けないの珍しいな。軽くイラッとしてたし」

「いや、イラついてたわけじゃねえよ、種石。オレも色々あって、ちょっと動揺しててさ」

「なんだよ、呼び方まで変えて」

いつも亮太（りょうた）と呼ばれている彼が笑い話で済ませているからまだいいものの、様子がおかしいことは誰の目から見ても明らかだった。


「ねえ」

「んあ？　ああ、明橋か」

授業が終わり、昼休みに入って少し経ってから彼に声をかけ、「広報係の作業で手伝ってほしいことがある」と理由をつけて廊下まで連れていく。少し目つきが悪い表情も、明らかに朔也君とは別人だった。

「俊矢君。だよね？」

「ああ。初めてだな、学校で変わったの。ったく、みんなして質問攻めにしやがって」

彼は不服そうに繰り言を言い始め、頬を膨らませてぷうと息を吐く。私が呼びかける直前まで、何人もの友人から「さっきからなんかおかしくね？」「具合悪いの？」と口々に声をかけられていた。

「なんで出てきたの？　なんか朔也君と交代するようなプレッシャーとかあった？」

そんなつもりはないのに、責めるような口調になってしまう。とうとう学校にまで別人格の俊矢君が出てきてしまったことに、焦りにも似た戸惑いがあった。

「ねえよ、なにもそれっぽい理由がねえから分かんなくて困ってんだ」

「そうなんだ……」

理由がない。それが一番怖い。想像を広げるとすぐにイヤな結末に辿り着いてしまいそうで、私は首を振って慌ててかき消す。

「それにしても、記憶が引き継がれてるだけじゃ完璧になりすますのは難しいってのが分かってよかった。顔と名前は一致するけど、呼び方まではパッと出てこねえや」

「そっか、勉強の方は？」

「知識として公式は覚えているけど、オレが問題を解き慣れてねえからな。即答はできないって感じだ」

なるほど、いきなり授業に参加するのはやはり大変なようだ。でも実際そうだと思う。私だって、知識だけ詰め込んだ状態で急にクラスに入って問題を解けと言われても固まってしまうだろう。

「ああ、よかった、やっと交代できそうだ」

不意に廊下の柱に寄りかかり、俊矢君はゆっくり目を閉じる。朔也君に替わるタイミングのようだ。

「購買部に行ってみたかったけど、今はもう疲れたからさっさと寝たい」

そして廊下の壁に寄りかかったまま、俯いてしばらく黙り込んでいたかと思うと、フッと目を開ける。その優しそうな表情は、朔也君だ。今の状況を確認するように、キョロキョロと左右を見てから時計の表示されたスマホに視線を落とした。

「優羽、ごめんね。心配かけて。なんで俊矢が出てきたのかな」

「私の方は大丈夫だけど……朔也君は平気？」

「うん、学校で交代したことなかったからびっくりしちゃったけど、大丈夫だよ。医者に報告しておかないと」

窓から急に吹き込んだ風で黒々とした前髪を揺らしながら、さっきまでと違う柔和な笑みを浮かべる。鼓動が一気に高鳴って、やっぱり私はこの笑顔が好きだと再確認する。

でも、実際には朔也君はまったく〝大丈夫〟ではなかったのだと、私はこの後に思い知らされることになった。

「なんだよ朔也、また調子悪いのか？　朝も変だったぞ」

「ああ、なんか最近風邪っぽくて」

祝日の明けた十月十一日、火曜日。俊矢君は学校内でも一日に最低二回は出るようになっていた。時間は短いけど、クラスメイトにはやっぱり変に映るようで、俊矢君はそのたびに疲労や病気を言い訳にごまかしている。

「朔也君、金曜日に広報係の打ち合わせしたときもお腹痛いって言ってたもんね」

私も俊矢君と種石君が話している席に近づいてフォローに入る。秘密がバレないように、できる限り援護したかった。

「ああ、そうそう、なんか急にトイレ行きたくなったりして大変なんだよな」

「そっか、だからなんか怒ってるような顔してんのか」

「急に気温下がったからかもな。亮太も気を付けろよ」

逃げるように廊下に出た俊矢君についていくと、廊下の端っこ、階段の手前で、壁にもたれかかっていた。

「お疲れさま」

「んん、毎日こんな調子だからさすがに疲れるな」

熱を冷ますように、頬を壁につける。調子が悪いフリをするのももちろん大変だろうけど、今までほとんど出てきていなかったこの世界で長時間過ごすだけでも相当疲弊するだろう。

「今度お昼の時間に出てきたら、購買部に行きたいんだよな」

「この前も言ってたよね。なにか買いたいものあるの？」

すると、彼は照れたようにそっぽを向いて答える。

「……抹茶プリン」

「へえ！　抹茶好きなんだ。あれ、でも朔也君って確か抹茶……」

「そう、アイツは苦手なんだよ。オレは家の冷蔵庫で見つけてたまたま食べたやつにハマったんだけどな」

生クリームがのってて美味かった、と思い出すように笑みを浮かべる。人格が変わると、同じ体でも好みが変わるらしい。

「あと、緑系の色が好きだから抹茶に惹かれるってのもあるかもしれないな。朔也は青系が好きらしいんだけど、オレは寒い感じがして微妙だね」

「そうなんだ、結構違うんだね」

雑談をしながら、早く戻りますように、と願う。俊矢君も同じ気持ちかもしれない。

これまで学校で出たことのなかった俊矢君の人格が頻繁に出始めている。朔也君も俊矢君も理由が分からないと言っていたけど、間違いなくふたりは気付いているだろう。そして私もまた、原因はひとつしかないと分かっていた。

もう、朔也君の終わりが近づいている。

「おい、大丈夫か、朔也」

声に反応するように瞑っていた目をパッと開くと、種石と小川が心配そうに俺を覗き込んでいる。

「……ああ、平気。ちょっと寝不足でさ」

うまく話を合わせながら、首を回すフリをして教室の掛け時計と黒板を見る。

十月十一日の火曜日、ちょうど二時間目の後の休み時間で、英語が始まった直後に入れ替わったから、そこからまるまる俊矢が出ていたらしい。

「ずっと体調悪そうだよな。気を付けろよ」

「うん、ありがとね」

今回もなんとか乗り切れたらしい。「英語の時間、変なことしてなかった?」と喉元まで出かかるのを必死でのみ込む。誰も言ってこないということは大問題になるようなことはしてないはずだし、なにより自分のことを訊くなんてますます怪しまれそうで。

「ちょっと出るか」

独り言ちながら立ち上がり、廊下まで歩く。

声を出してそれを聞くことで、この口と耳はちゃんと自分のものだと理解する。机に置いた手も自分のもの、教室を出た足も自分のもの。今まで当たり前だと思っていたことを、つい確認してしまう。

俊矢が授業中に出ることは怖い。口も態度も自分とは違うから、クラスの友人も心配する。これが昼休みや放課後だったら、なおさら面倒なことになりそうだ。

事情を話してしまいたくなる衝動にも駆られるが、きっと全員が優羽みたいにまっすぐ受け止めてくれるわけじゃない。奇異の目で見ながらイジってきたり、好奇心をたっぷり混ぜた質問をしてきたりする人たちもいるだろう。みんなに余計な不安を抱かせないためにも、隠し通せるなら隠し通した方がいい。

でももっと怖いのは、自分の、〝土元朔也〟としての時間が減っていること。一日が、確実に短くなっている。こうしてどんどん俺の時間は減り、俊矢の時間が増えて、俺は俺でなくなっていくのだろうか。そう考えただけで、まだ冬の気配は遠いのに身震いが起こる。

死ぬときもこんな感じなんだろう。いや、ある意味死ぬよりタチが悪いかもしれない。俺がいなくなっても、誰もそのことに気付かない。「性格がちょっと変わった」というだけで片付けられてしまうだろう。

誰にも知られないまま自分の存在が消滅する、それが一番恐ろしいことだった。

「じゃあさ、これジュースとセット販売にしようよ！」
「やっぱりメロンクリームソーダは推したいよね！」
「髪はどうする？　リボンとか統一する？」

帰り支度をしながら教室全体を見渡すと、まだたくさんの人が残っている。

明日でいよいよ文化祭まで残り十日ということもあり、衣装担当やメニュー担当のクラスメイトたちが教室でわいわい話し合うのを目にするようになった。

全員で大きなものを準備するのは、やっぱりワクワクして楽しいと思いながら、優羽と一緒に廊下に出る。場所も言わずに「今日、行ける？」と訊くと「うん」と返ってくるのが無性に嬉しかった。

「よし、少し描こうかな」
「ね、私も描きたい」

久しぶりに優羽と一緒に中平公園に来た。幼稚園生らしき子どもたちが「わあああ！」と叫びながらターザンロープでシャーッと滑走している。花壇に咲いた紫色のコスモスが、花びらを大きく開いて日光浴していた。

「……回数、増えてるよね」

ベンチに座ってすぐ、俺の顔に視線を合わせないまま、彼女はつらそうに呟く。なんの話題か、すぐに見当がつく。

「だね。時間も少しずつ長くなってる気がする」

「お医者さんに話したの？」

「うん、話したよ。想定通りというか、海外の症例でもやっぱりここから三週間くらいで一気に増えていくらしい」

自分で口にして、気が沈む。俺はもう治ることはないのだ。普通の人になりたかったけど結局なれないまま、新しい人格に取って替わられる。そして俊矢は俊矢で、突然この世界に放り出されて苦しむはずだ。

運命というのはなんて残酷なんだろう。世の中にもっといるじゃないか、罰を受けてもよさそうな人が。そんな、人として最低の思考が、毒のように脳に回っていく。

「なんで俺なんだろうなあ」

「ね……なんでなんだろう」

投げかけられても困る問いを彼女に一方的に投げて、大げさに嘆息する。

なにかの罰なのだろうか。父親の抑圧から自分を守るために俊矢を生み出したことがそんなに悪いことだったのか。そう考えると、むしろ暴力を振るった父親やそれを止めなかった母親に非があるように思えてしまって、心の中で必死に打ち消す。

秋晴れの空も見上げずに俯いている俺の横で、優羽は少しだけこっちに移動して距離を詰めてくれた。

「……両親のこと、恨んだりしてる？」

聞いた瞬間、ビクッと体が震える。

ちょうど俺が考えていたそのままのことをズバリと言い当てられてしまった。

躱そうとも考えたけどやめた。彼女に嘘はつきたくなかった。

「なん、で、分かったの？」

「えへへ、私も思ったことあるから」

目と鼻の間にたくさんのしわを作って、彼女は笑ってみせる。屈託のない苦笑、とでもいうのだろうか。

「俊矢君が生まれたのって、お父さんが大きな理由なんでしょ？　だから、両親ももちろん目一杯後悔してると思うけど、やっぱり朔也君も心のどこかで『もっとあのとき、こうしてくれれば』とか『お母さんが制してくれれば』って思ってるんじゃないかなって。私も昔いっぱい思ったから。なんで美羽にばっかり才能を振り分けたんだとか、私だけ育て方がおかしかったんじゃないかとか。今でも気落ちしてるときは恨み節出ちゃうもん」

きっと自分のイヤなところを話してくれている。それは勇気のいることだと思うし、それだけ俺と真剣に向き合ってくれているということ。

「だから、朔也君がご両親のことそんな風に思ったって全然おかしなことじゃないよ、って言っておきたかったの。朔也君、自分のこと責めちゃいそうで」

「……なんでも分かるんだな」

ここまで知られているなら、むしろ気が楽だ。どこか清々しい気分で空を見ると、雲ひとつない綺麗な晴れ模様で、太陽が体を橙に燃やしつつ、落ちていく準備をしていた。

「頑張ってみるよ、最後まで」

ぼんやりしたまま何気なく口をついて出た言葉に、優羽はゆっくり首を振る。

「頑張らなくていいよ。ずっと頑張ってきたんでしょ」

ああ、うん、そうか。そうかもな。必死に隠して、頑張って過ごしてきた気がする。

「じゃあ、優羽の言葉に甘えようかな」

「うん、それがいいよ」

彼女は黒髪を風にふわりと揺らしながら満足そうに顔をほころばせた。

本当に無意識のうちに声に出していたけど、ひょっとしたら俺はこう言ってもらうことを心のどこかで望んでいたのかもしれない。今までずっと、他の人より少しだけ大変だったから、もう無理しないでもいいのかな。

「ねえ、久々に優羽のイラスト見たい。風景画じゃなくてギャグっぽいやつ。なんか描いてよ」

「今？　ふふっ、いいよ。なに描く？」

「前にさ、すべり台滑って砂山に突っ込んでる絵描いてくれたじゃん？　同じような感じでこの公園のもので面白いの描いてほしい！」

「分かった、考えてみる」

鉛筆を顎にとんとんと当てながら悩んでいた優羽は、やがていつもの自由帳に、すらすらと鉛筆を走らせる。夕日に照らされる真剣な横顔は、綺麗だった。

「はい、完成です！」

「だはっ、なんだよこれ！」

紫のコスモスの冠（かんむり）をつけた俺がターザンロープでどこまでも滑走していくシュールな絵に吹き出していると、優羽はそのページをピリリと上手に破り、俺に差し出してくれた。

「あのさ、私にはどんなことでも話してね。愚痴も恨み言も泣き言も、全部聞くから。なんにも分かってあげられないかもしれないけど、朔也君の話聞きたいんだ」

「……うん、ホントにありがとう。今日優羽と話せてよかったよ」

自分自身でその喜びを噛みしめるように、俺は彼女にお礼を伝えた。

頭を下げたときに目元を拭ったのは内緒だ。

孤独だと思っていたけど孤独じゃなかった。俺とまったく違う形で、俺と同じように苦しい思いをして生きてきた彼女がいた。だから分かってくれる、分かろうとしてくれる。

親以外に、俺がいなくなることを悲しんでくれる人間がひとりはいる。それだけのことで、こんなに心が救われるなんて。

もし自分が消えても、君の中で俺は生き続けていけるのだろう。それならいいと、思える自分もいた。

もう一度、空を見上げる。親を追うかのように、小さな雲が大きな雲の後ろをついて流れていった。

「最近、そうやって悩んでること多いね」

優羽が俺を覗き込むようにグッと体を屈める。曖昧に「ん」と一言だけ返して、答えを濁した。

ずっと迷っている。彼女に、自分の想いを伝えていいのだろうか。

半分しかいないような今の自分が伝えて、万が一うまくいったとしても、すぐに俺は俊矢に上書きされてしまう。結果的に彼女を悲しませてしまうだろう。伝えたいけど、それは自分のエゴの気がして、迷っているなら言わない方がいいと思い、結局なにも言えずに引っ込めてしまっていた。

「よし、続き描いていくかな」

自分自身に言い聞かせるように呟き、先月末に撮った写真と目の前の景色を交互に見ながら、描きかけの風景画に色鉛筆で色彩を加えていく。

目の前の季節は少しずつ移り変わっていくけど、こうして絵に描けば、この初秋の日々を残しておける。たとえ、俺が消えてしまっても。

「あれ？」

バッグを開けっぱなしにしていたので閉めようとしたとき、顔を覗かせていた自由帳の紙が少しズレているのに気付いた。切り離しできる部分が切れてしまったのだろうか。

「あ、それ……」

優羽がなにか言いかけるのを耳にしながら自由帳を取り出す。どうやら切り離した紙が挟まっているらしい。引き抜いてみると、そこには二輪のコスモスと太鼓橋が描かれていた。俺は描いていない。優羽も違うだろう。ということは……。

「これ、俊矢の絵……？」

「そう、なの」

口をついて出た疑問に答えたのは、優羽だった。

「俊矢君が、自分もやってみるかなって言って描いてたんだ。そこに挟めば気付かれないだろうって」

「俊矢が描いたんだ……」

俺と同じコスモスを描いているけど、俺とは色使いが少し違うように思えるのは気のせいだろうか。

「二輪の方を選んだんだ。俺は一輪の方だったけど」

「うん。ふたつ並んでるのが仲良さそうでいいって言ってたよ。太鼓橋は、小さいときに遊べなかったから遊具に憧れてるって」

同じ体だけど、見ているものも、考え方も違う。

「そうか、俺とは違う人間なんだ……」

絵をジッと見ながらそう呟く自分の口元が、少し笑っているのに気が付いた。

第4章　自分探しの私たち

私は私で

　十月十二日、水曜日。放課後、朔也君と一緒に中平公園で少しだけ絵を描く。最近は公園に来ると頻繁に俊矢君になっているので、こうして彼と一緒に絵に向き合える時間は貴重だ。

　たくさん描きたいけど、ポスターの提出が金曜中なので、今日はあまり長居はできない。といっても、ビラに似せたデザインで大枠ができあがっているし、そこまで大変な作業にはならないだろう。

「ねえ、最近俊矢とどんな話したの？」

「最近？　うぅん……」

　不意に朔也君が訊いてきたので、私は腕を組んで考える。目の前の芝生にやけに青々とした部分を見つけ、「あっ！」と思い出した。

「お昼に入れ替わったら購買部に行ってみたいって言ってたよ。抹茶プリンが食べたいんだって」

「抹茶？　アイツ抹茶好きなの？」

「そうそう、朔也君は嫌いみたいだけど、って言ってた。家で食べて好きになったんだって。あと緑っぽい色も好みだって言ってたな……ふふっ、朔也君が青好きなの、ちょっとけなしてたよ。なんか寒そうだって」

そうなんだ、と朔也君はなんだか嬉しそうにその話を聞いている。

「抹茶プリンの話とか、初めて知ったなあ」

言いながら、彼はスマホで太鼓橋の写真を見せてくれた。

「これも俊矢が撮ったんだよね？　昨日家で入れ替わってる間に絵の下描き進めててさ。しかも机の上に出しっぱなしなの。俺が雑に自由帳に挟んじゃったから、描いてるのがバレたって気付いたんだろうな。もう隠さなくなってた」

スマホをブレザーのポケットにしまい、朔也君は笑いながら私に顔を向ける。朔也君の記憶はすべて俊矢君に筒抜けなので普通に気付いていたはずだけど、記憶のことを知らない朔也君からすれば自由帳がきっかけに見えるだろう。

「俊矢の絵を見てしっかり理解できたんだけどさ。アイツは、俺を守るために生まれた、新しい俺なんだよね。俺と同じ部分だってもちろんあるし、違う部分もたくさんある。劣化コピーなんて言ったこともあったけど、〝もうひとりの自分〟として捉えたいと思ったんだ。だから、完全に入れ替わったとして、確かに今の俺はいなくなるけど、新しい土元朔也になるんだって、今はそんな風に考えてる」

私は、朔也君の言葉に聞き入っていた。

いない。

朔也君は、俊矢君を受け入れたのだ。自分は0.8人なんだ、と嘲っていた彼はもう

どうやったら私も、彼のように考えられるようになるだろう。彼が俊矢君を受け入れたように、私も、コピーではないと、美羽とは違う人間なんだと、私自身を受け入れたい。

「いいね、それ」

ごちゃまぜな思いを抱えながら、一言だけ返して微笑んでみせた。

「俊矢が気付かせてくれたんだよ」

朔也君は、私よりもニッコリと大きく笑う。

「だから、俺はもう大丈夫。次は優羽の番だよ」

全部お見通しの彼から、優しいパスを受ける。私は「うん」と静かに頷き、自分自身と向き合おうと決意した。

バスを降りた帰り道。ジャケットやコートの入ったサンタクロースみたいな大きな袋を持ってクリーニング屋に向かう人とすれ違いながら、俊矢君と自分を重ねて、考え事に耽る。

自分が自分であること。これまでの私は、そんなことに大して意味はないと思って

いた。美羽がいるなら、自分はコピーでいいと思っていた。でも、今こうして朔也君と一緒に過ごしていく中で、それは違うのではないか、と考え始めている。

朔也君は病気のせいで〝自分〟でいることができないけど、俊矢君を〝新しい自分〟として受け入れた。じゃあ私は？　〝自分〟でいることを選べる私は、自分でいていいの？　姉とは違う〝明橋優羽〟でいていいの？

自問自答を繰り返していると、七、八分もあっという間に感じられる。いつも行っている文房具屋のウィンドウに映った自分は、浮かない顔をしていた。

黄緑の色鉛筆がだいぶ短くなったから買い足さないと、と思考が寄り道する中で、ふと一ヶ月以上前のことを思い出した。初めて公園で朔也君と会った日、ちょうど黄緑色で芝生を塗っていた。今でも鮮明に覚えている、あのとき朔也君からかけてもらった言葉。

『明橋さんはちゃんとひとりだよ、本物だよ。もし明橋さんが言ってくれたように、俺の中にもちゃんとふたりいて、俺と俊矢でそれぞれ独立してるなら、やっぱり君も俺と一緒で、お姉さんとは別の存在だと思うよ』

なにか、なにかヒントになりそうなものが、あった気がする。続けて、さっき聞いたばかりの言葉を思い出す。

『劣化コピーなんて言ったこともあったけど、〝もうひとりの自分〟として捉えたいと思ったんだ』

「あ……」

頭にかかっていた靄も、胸を覆っていた積乱雲もなくなり、すべてがクリアになっていく。

答えはびっくりするくらい単純で。

自分自身を認めるのに必要なものは、「そうありたい」という意思だった。

いいか悪いか、できるかできないか、ではない。自分がどうしたいか、ただそれだけでよかった。

そして、その結論ならもう出ている。

私は私でいたい、世界でひとりの〝明橋優羽〟でいたい。そこに誰の許可も、誰かとの比較もいらない。朔也君と俊矢君が違う人格なのと一緒で、美羽と私は違う人間なんだから。美羽が言っていた通り、ただ顔が似てるだけなんだから。

言葉にすれば当たり前のことが、すとんと心に落ちる。

俊矢君が朔也君に気付かせてくれたように、私には美羽と朔也君が教えてくれた。

「ねえ、美羽」

「ん？」

その日の夜、姉がリビングにひとりでいるときを狙って、声をかけてみた。いつか相談しようと思っていた件を、話してみよう。

「ちょっと現実離れしてる話なんだけど、聞いてくれる？」

「もちろん、どうしたの？」

ティッシュ取って、という頼みを聞くくらいの軽いトーンで受けてくれる。その心の壁の薄さが嬉しかった。

「えっと……クラスメイトに土元朔也君って男子がいるんだけどね……」

美羽は、私の話を真剣に聞いてくれた。何度も頷きながら、時折「そっか」と相槌を打ってくれるので、真剣さが伝わってくる。

「なるほどね……クラスメイトがそんなことになるの、悲しいね」

全部聞き終わった美羽の口から飛び出したのは、ピュアと言ってもいいくらい素直な感想だった。

「……美羽、信じてくれるの？」

「私に嘘ついても優羽に得がないじゃない」

「それはそうだけど……」

もっともなような、よく分からないような理屈をつけた美羽が、私の肩をポンッと撫でる。同じ顔のふたりだけど、多分今の私より随分優しい表情だった。

「それにさ、優羽はこういうときに嘘言わないから」

「ん……ありがと」

ちゃんと信頼しているよ、というメッセージをもらって、少しだけ照れてしまう。

窓から射す月光が明るくて、部屋のオレンジの照明をリモコンで少し暗くした。

「美羽さ、いきなりこんなこと訊いても、答えるの難しいと思うんだけどさ。私になにかしてあげられることってあるかな？」

それは、朔也君にはきっと答えてもらえない、ずっと誰かに訊きたかった質問。

美羽は下唇を親指でかきながらしばらく考え込んでいたものの、やがて私と同じ、緩いパーマの黒いミディアムヘアを揺らしながら首を振った。

「病気のこと自体はね、正直どうすることもできないと思う。でも」

「でも？」

「朔也君がさ、この世界に少しでも長くいてよかったって思えるように接してあげたらいいんじゃないかな？　たとえ最後には本当に人格が消えちゃうとしても、なるべく悔いが残らないように、楽しかったたって思えるようにさ。それなら、優羽もできるんじゃない？　ちょうどもうすぐ文化祭だしね」

「そっか……うん、やっぱりそうだよね」

彼が後悔しないように、そのサポートをする。彼女のアドバイスは、私が考えていたこととほとんど同じだった。でも、美羽が言ってくれると、自分は間違っていなかったという気になる。それはきっと彼女が優等生だからではなく、姉だからだろう。

「なんかスッキリした、ありがと。さすが美羽だね」

「いやいや、優羽もおんなじようなこと考えてたでしょ？」

「さすが双子、お見通しだ」

ふたりで吹き出した後、食器棚からお揃いのコップを取り出し、麦茶を注いで乾杯した。

「んん……」

部屋でベッドに腰掛け、唸りながらアイディアを探る。

朔也君がずっと俊矢君と一緒に頑張ってきたように、美羽が今も周囲の期待に応えるために頑張っているように、今度は私が朔也君のために努力する番。朔也君の残りの日々をよりよいものにするために、私にはどんなことができるだろうか。

「あっ……」

カーテンを開けていた窓越しに、雲間から差し込んだ月明りが部屋を照らす。

机に飾るように立てかけていたイラストが目に留まる。朔也君に褒めてもらえた、ビラのデザイン。

私の絵が好きだと言ってもらえた。もっとうまい人がたくさんいるのは知っているけど、私の絵で元気づけたいなんて、彼にとって最後になる文化祭を盛り上げたいなんて、烏滸がましいだろうか。それなら、私にもできるから。

でも、ついさっきまで話していた姉と比べて、自信が揺らいでしまう。膨らんだ気持ちが、萎みそうになる。

そんなときに思い出したのは、やっぱり朔也君の言葉だった。

『〝自分なんて〟って何度も考えるのは、ひょっとしたら自分への期待の裏返しかもしれない。こうしたいって想いがあるからこそ、できない自分を否定してるのかもしれないから』

「よし……やろう」

彼の鼓舞が、頭の中で木霊(こだま)する。広報係に立候補したときと同じ。今が、私が私の期待に応えるチャンス。

血液に混じって体中を駆け巡るかのように、全身に気力が漲(みなぎ)るのが分かった。

翌日、十三日。木曜日の放課後。右手のグーを左手のパーにパチンと打ちつけて気合いを入れ、緊張を追い出して朔也君に話しかける。

「……ねえ、朔也君。ポスターの件なんだけど」

「えっ、あっ、うん、どした？」

「……あのね、すっごくいいもの作る気だから、期待しててね」

自分でハードルを上げた私に、彼は目を丸くした後、親指と人差し指でオッケーマークを作った。

「おう、楽しみにしてる」

「うん、楽しみにしてて」

これが、私なりの決意表明。あとは、形にするだけ。

筆に想いを込めて

「ただいま!」

青いビニールの袋を提げて勢いよく家のドアを開け、そのまま手だけ洗って急いで二階へ。

ベッドの上で袋を逆さにして振り、一冊の本を落とす。『誰でも上達 水彩画の下描きと塗り方』というタイトルの分厚い本だった。

ポスターのデザイン案は、ビラに似ている方向で完成間近だったけど、やると決めたからには、もっといいものに挑戦してみたい。去年のポスターはパソコンで写真加工したタイプの絵が多かったっけ。色鉛筆の絵はあったけど、絵の具はなかった。だからこそ、目立つよう水彩画にすることに決めた。ミニポスター集に掲載できなかった後悔を、このポスターで晴らしたかった。

「やりますか!」

着替えながら自分自身を応援するように声に出し、帰路で買った微糖のコーヒーをクッと飲んで袖を捲る。時刻はまだ十七時前。たっぷり作業できそうだ。

まずはデザイン。色鉛筆で仕上げようとしていたのは、喫茶店の内装や衣装の袴をモチーフにしたものだった。これを絵の具で描いてもいいけど、別の案も考えたい。

「内装と服装以外だと……レトロ……喫茶……メニュー……うん、決めた！」

アイディアが浮かび、ざっと形にして色鉛筆でラフな案にする。そして、すでに色鉛筆で一部塗っている元の案と一緒に写真を撮った。そのままアプリをタップし、どっちが好きか朔也君にメッセージで訊いてみる。

【うわっ、新しい案もいいなあ。すっごく迷う】

頭を抱えて悩んでいるクマのスタンプが送られてきた。三つ連投されて、相当迷っているのが伝わってくる。

【ねえ、クラスのみんなに意見聞いてみない？】

【えっ、投票機能を使うってこと？】

【そうそう、投票の締め切り時間決めて、多数決取るんで返事くださいって感じで】

彼の突然の提案に戸惑う。こんなことを私がいきなり送って、変に思われないだろうか。ちゃんと返事が来るだろうか。

でも、きちんとやるって決めたから。朔也君に私の絵を楽しんでもらって、このポスターでお客さんを呼んでクラスを盛り上げるって決めたから。

【うん、やってみる。ありがと】

こうして私は、四月に【よろしくお願いします】と送って以降、なにも送信していないクラスのグループチャットを開いた。ふたつのデザイン案の写真を添付して、フリックでテキストを打ちながら、鼓動が速くなっていく。

みんなの反応が怖い、でも反応がないのも怖い。こんな緊張は、広報係に立候補したとき以来だった。

深呼吸する。大丈夫、と言い聞かせる。朔也君を思い出しながら、送信ボタンを押した。

【こんばんは、明橋です。広報係として相談があります。ポスターのデザインを二案考えたんですけど迷っているので、どちらがいいか投票してください。締切は本日二十時です！】

併せて投票画面も送ると、すぐに既読がつく。一件、二件……クラスメイトが見てくれているのが分かる。おそるおそる投票画面を開くと、二票入っていた。

ホッとした私を褒めるかのようにブブッとバイブが震える。グループチャットに、続々とメッセージが届く。

【どっちの絵もかわいい！　明橋さんめっちゃうまいね！】

【投票しました！　袴のイラストすごくかわいかった！】

【明橋さんありがとう！　絵上手でいいなあ！】

二十時までひっきりなしに寄せられる、私宛のメッセージ。気恥ずかしくなるけど、心がじんわりと温かくなった。

圧倒的大差でデザインも決まったので、吸い込むように夕飯を平らげ、すぐに作業を再開する。

窓の外は黒く塗りつぶされ、月が雲に隠れていた。少しだけ窓を開けると、ヒュオッと心地よい温度の風が吹き込んできて、じゃれるようにTシャツの裾を揺らす。

最初は下描き。だけど本番のA2用紙にいきなり鉛筆で描くのは不安なので、A4のコピー用紙に描いてみる。さっきのラフ案をもとに、実際の画像も見ながら補正していく。

「んん……なんか微妙……」

うんうん唸って、何度も消しては下描きを進める。その繰り返しの作業は、自分を理解して認めようともがくのにも似ていた。

自分の絵がとびきりうまいなんて、思っていない。もっと上手な人がたくさんいるのを知っているし、ひょっとしたらうちのクラスにもいるかもしれない。それでも、せっかく朔也君の薦めで広報係をやることになったのだから、最後までやりきる。最高のポスターを作って、みんなに、朔也君に、楽しんでもらいたい。

「いい感じ！　すごい、うまい！」

大仰に口に出して称賛してみる。言霊なんて信じていなかったけど、言っているうちに本当にうまく描けているような気になってくる。調子に乗って、エンジンがかかって、下描き用の紙に想像していた絵が浮かび上がってきた。

「うん、こんな感じだね！」

Ａ４のサイズで案が完成したので、いよいよ本番の用紙に鉛筆を入れる。まずは全体のバランスを見ながら大枠を捉え、そこから細かいところの下描きを足していく。地味で時間のかかる作業だけど、手元で流しているボサノバの作業用ＢＧＭのおかげか、ほとんどダレることなく進められている。

「できた！」

体から湯気が出るかと思うほど没頭して取り組み、ポスターの下描きを完成させた。机の上の置時計の短針はもう十一を過ぎている。

一瞬だけ、逡巡する。今から塗りに着手しても、途中で寝る時間に入ってしまうだろう。一度寝て、早起きしようか。締切は明日金曜の十八時までだから、登校までに間に合わなくても放課後に続きをやればいいだろう。多少雑でもいいなら、それで十分間に合う。

やらない理由はいくらでも挙げられる。でも、どんな言い訳も〝今の勢いのまま続けたい〟という熱量には勝てそうになかった。

やれるだけやろう、そう決めて取りかかる。下描きを送っておいた朔也君から【ステキな作品!】と返信が来ていて、私の気持ちに一層火を点けた。

逸る気持ちを抑えて『誰でも上達 水彩画の下描きと塗り方』を読む。今までなんとなく描いてきたけど、解説が丁寧で分かりやすいし、出てくる絵のサンプルがこんな風に塗りたいというモチベーションにもなる。今回はこの本に忠実にやっていこう。

「よし、塗っちゃおう」

汚れてもいい部屋着であることを確認して、絵の具を準備する。水を汲みに洗面所に行くと、リビングには誰もおらず、家は完全に寝静まっていた。

間もなく日付が変わる。外からは、新しい一日を祝福するような犬の遠吠えが聞こえる。いつもなら横になって漫画を読んだり曲を聴いたりしている時間だけど気力が燃え滾っているのは、没頭できている証だろう。

「まずは……ふむふむ、やっぱり明るいところから塗った方がいいんだ」

ビリジアン、ペールオレンジ、黄土色……必要な絵の具を確認してから塗り始める。

ペールオレンジを薄めてアイスの部分を塗り、アイスの下の方は黄土色と茶色で少し暗くする。一番細いペンに黄土色をつけてアイスの凸凹を再現した後は、サクランボを赤で塗った。

「ふう……」

水彩画は趣味で描いた春以来だ。緊張しながら塗り始めたけど、徐々に慣れてきて肩の力が抜けてきた。この状態ならもっと頑張れる。いつの間にかボサノバも止まり、時計の秒針の音だけをBGMにして作業を進めていく。

次はいよいよメインのソーダ。ビリジアンと黄緑を少し混ぜ、氷を避けて塗っていく。集中力を途切れさせないように体を伸ばしたり目薬を差したりしながら、細かい作業を続ける。

グラスの底は濃い緑にして、グラスの両脇はガラスの光の反射を意識してあえて少し塗り残す。アイスの底面、ソーダと触れている部分に少しブクブクとした泡の感じを出し、次に薄くした緑で氷の上から塗る。透明度が高いので、下の氷が透けて見える。うん、いい感じだ。

最後に袴を紺色で塗り、【2年5組　レトロ喫茶】という文字をラムネ菓子のようにカラフルに塗って、ようやく完成。少しもはみ出さずに塗れたのは嬉しい。

「うっわ、やば」

時計より前に、空の色が少しだけ変わっていることで夜明けに気付く。時刻は四時半。これからシャワーを浴びて寝たとしても、今日の授業は使い物にならないだろう。それでも、一階のお風呂に向かう私の足取りは軽快だった。

その後、僅かばかりの仮眠をとって学校へ。文化祭まで一週間と迫った十月十四日の金曜日。朝のホームルーム前に朔也君にポスターを見せる。

「こんな感じなんだけど、どうかな……？」

最初のリアクションが怖くて、ドキドキしながら待つ。見た途端、彼は目がこぼれ落ちそうなほど見開いた。

「すごい！　このポスター最高だよ！」

「ホント？　よかったあ！」

思わず安堵の息が漏れる。今朝までの疲れが吹っ飛んだ。

「ねえ、これみんなに見てもらってもいいかな？」

「え？　うん、いいけど……」

私が言うが早いか、彼は私が描いたものを持って教壇に上がり、教卓をゴンゴンと叩く。

「みんな、広報係からお知らせです。昨日は投票に協力してくれてありがとうございました！　ゆ……明橋さんがポスター作ってきてくれました！」

危うく優羽と呼び捨てしそうになったのを笑いをこらえて見ていると、クラスメイトがわらわらと集まってきてくれた。投票に協力していたので、できあがりが気になっていたのだろう。色鉛筆で描いたざっとしたラフ案しか見せられていなかったので、一層興味を持ってもらえたのかもしれない。

「すごい！　これ絵の具でしょ？　氷が外から見えてるの再現度高い！」

「サクランボかわいいなあ。袴の刺繍もすっごい細かいし。アタシこんなん絶対うまく塗れないよ」

「明橋さん、ホントにうまいね！」

想像の何倍も高評価で、私は照れながら「ありがとう」と小声でみんなにお礼を伝えた。

白い紙いっぱいに描いたメロンクリームソーダ。その上にのったサクランボが、裾に刺繍のついた紺色の袴を履いている。レトロ喫茶のイメージが伝わるよう工夫しつつ、「このクリームソーダ飲みたい」と思ってもらえるように描いてみた。朔也君もしきりに「このサクランボがいい、ナイスアイディアだよ」と称賛してくれている。

「ねえ、香奈、すごくない？」

その名前に心がドキリと冷や汗をかく。結佳に腕を引かれ、香奈がジッと絵を見に来ていた。

また貶されるのだろうか。「美羽に描いてもらったの？」などと嫌みを言われるだろうか。そのときにどう返すか、まだ準備ができていない。

彼女は私をチラッと見ながら、バニラアイスを指差した。

「アイスの立体感、いいね。絵の具の作品珍しいだろうし、飾ったら目立ちそう」

「あ、りがと」

それだけ言って、相変わらずの態度ですぐに教室の後ろの方に行ってしまった。予想もしなかったその反応は、褒め言葉と受け取ってもいいのだろうか。チャットのこともあったからか、私が描いたということも信じてくれている。

「おっ、明橋が描いたのか、うまいな」

ガラガラと入ってきた柴崎先生も、ポスターをじっくり見ながら「この透明になってる部分がいい」と氷の見えるソーダの部分を指差す。

「そうなんですよ、先生。うちの明橋はすごいんですよ」

「なんだそりゃ」

柴崎先生と朔也君が揃って笑う。

いろんな人が、私の絵を認めてくれている。ひとりしかいない、明橋優羽の作品を受け入れてくれている。それだけで胸がいっぱいになった。

「……あれ、優羽、大丈夫？」

「うん、大丈夫、ちょっと眠くて。目薬差すね」

欠伸(あくび)のフリをしてごまかし、涙をカムフラージュ。でも、そんなこと朔也君はお見通しみたいで。

「優羽、頑張ったね」

私だけに聞こえるくらいの小さなボリュームで伝えてくれる。

確かに駆け抜けたのは私。でも、その合図をくれたのは、走る勇気をくれたのは、間違いなく朔也君。彼のおかげで一歩を踏み出せて、今までとは少しだけ違う自分になれた。

カウントダウン

「あのさ、明橋さん、頼みがあって」

「へ、え、私に？」

クラスメイトの沼井さんに声をかけられたのは、週明けの十七日、月曜日の昼休みだった。いつも通り、お弁当をすぐに食べ終え、「やることがないわけじゃないよ」とみんなに知らしめるように本を読んでいたので、かなり動揺してしまう。

「私、喫茶の教室装飾担当なんだけどさ、入口に貼るメニューにイラスト描いてもらったりできないかな？」

「イラスト……私の？」

「そう、メニューの文字とかはパソコンで加工して作ろうと思うんだけど、サンドイッチとかプリン・ア・ラ・モードとか、ネットに上がってる写真を使うと実物と違いすぎるし、かといっていろんなサイトからイラスト持ってくると統一感ないし……だから、もしよかったら、このメニューだけ描いてもらいたいなって。今度紙用意して渡すからさ」

そう言って沼井さんは、六つのメニューのメモ書きを見せてくれた。Ａ４の用紙に彼女が先に文字だけ印刷し、そこに私が絵を描き足すということらしい。

「描けると思うけど……私でいいの？　装飾チームの人に絵描くの好きな人いたら、やってもらってもいいんじゃないかなと思って」

「まあ、いるとは思うんだけど……」

彼女はどこか恥ずかしそうに周りを気にする素振りを見せた後、右手を口に当てて少し声のボリュームを落とした。

「個人的に私が明橋さんに頼みたくてさ」

「え……」

呼びかけられたときよりも動揺してしまう。鏡で今の自分を見たら、目が泳いでいるに違いない。

「ポスターのクリームソーダ、すっごく素敵で。私ああいうプロっぽい絵、ＳＮＳでしか見たことないからトキメいちゃったんだよね。あ、だから、もしできたらでいいんだけど、絵も水彩画でお願いできたらなって。コピー用紙だと難しい……？」

「そう、だね。濡れて反ったり、滲んだりしちゃうかもしれない、かな……」

彼女からの言葉が頭の中でずっと反響していて、うまく話せない。自分の絵をこんな風に気に入って、依頼してくれるなんて。

期待に応えたい。その想いを込めて返事を考えると、ひとつの案が浮かんできた。

差し出がましいだろうか。でも、せっかくだから、ダメ元でも伝えてみたい。

「沼井さん、これさ、もう文字のデザインとかってできてるの？」

「あ、ううん、今日の夜にやろうと思って。ごめんね、今の時点だとイメージも見せられないんだけど……」

「いや、そういう意味じゃなくて……余計な提案かもしれないけど、もしよかったら字も含めて全部私に描かせてくれないかな？」

「えっ！」

今度は沼井さんが驚く番だった。濃い茶色の髪を揺らして、目を丸くしている。

「そこだけ水彩画だとバランス悪いかもと思って。それに全部絵の具なら、私の持ってる白画用紙に描けばいいからさ。もうデザイン練っちゃってるとかじゃなければ……」

「ううん、全然！　ホントに描いてくれるの？」

「うん、せっかくだから描かせて」

「嬉しい！　ありがと！」

快諾に、沼井さんは勢いよく私の手を握ってぶんぶんと握手してくれた。その後に、眉をきゅっと下げる。

「あーあ、文化祭の準備ホントに楽しいけど、終わって二週間後に秋の模試ってしんどいよね。志望校も書かないとだし」

「そうだよね。まだなにも決まってないから志望校も適当に書いちゃった」

「ねえねえ、明橋さんのお姉さんってすごく頭いいんでしょ？」

「あ、うん……」

雑談から急に姉の話になり、少しだけ身構える。なにか言われたりするのだろうか。

「いいなあ！　たくさん勉強教えてもらえるもんね」

「え？　ううん、最近全然頼んでないよ！　頼めば教えてくれるかもしれないけど」

「そうなんだあ、いっぱい頼っていいと思うよ。そういえば、明橋さん、ぶっちゃけこの前の模試の判定どうだった？　私D判定でさあ、なんか落ち込んじゃったよ」

「私も！　なんか志望者内の順位とかも書かれるから不安煽られるよ」

「それね！　実際はもっと受験者少ないと思ってもさ、このままだと落ちるなって分かっちゃうもんね」

美羽と比べられることもなく勉強の話ができて、気持ちがフッと楽になった。自分が思っているほど、周りは私と美羽のことなど気にしていないのだと気付かされる。

「じゃあ、他のみんなにも伝えてくるね！」

そう言って彼女は、「ホントにありがと！」と上機嫌で去っていく。でも、私の方こそ、依頼してくれてありがとうとお礼を言いたかった。

スマホを覗くと、母親から通知が来ていることに気付く。学校に払うＰＴＡ関連の集金を忘れていて、それを先生に伝えてほしいとのことだった。

ＯＫという文字のスタンプを返した後、嬉しかったので報告してみる。

【クラスメイトからイラスト描いてほしいって依頼が来たよ！】

すると、母親からクラッカーや花束のスタンプがたくさん返ってきた。

【よかったね！　絵、見に行くの楽しみにしてるよ！　お父さんもだいぶ期待してるみたい笑】

目一杯褒めてくれるメッセージを目にした私は、母が私に勉強のことを言わなくなった理由を少しだけ理解した。

もし勉強の話題を出せば、必ず言外に「美羽みたいになって」というニュアンスが出てしまうからではないだろうか。だから私には趣味や学校生活の話題を振ってくれる、絵のことを褒めてくれる。姉と違う私を見ようとする、母なりの配慮に違いない。

これまで気付けなかったのは、姉との差にこだわっていた自分自身のせいだった。

【頑張って描くから、土曜はレトロ喫茶でお待ちしてます！】

自慢げに胸を張っている猫のスタンプを送る。自分が友人や家族の期待を背負うなんて、少し気恥ずかしくて、たまらなく嬉しかった。

「……ってことで、私がメニューのイラストを描くことになったの」

放課後、広報係の仕事で文化祭実行委員の委員会室を訪れた後、朔也君と一緒に靴箱へ向かう。

「すごいね、そうやって頼まれるの」

「ううん、たまたまだと思うけどね」

「でも、優羽が自分から全部描くって言ったんでしょ？」

「……嬉しかったからさ。こうやって他の人になにかを望まれるって、うちの姉妹では美羽だけだと思ってたんだ」

正門を出て左に曲がる。いつもは中平公園で絵を描くために右に行っていたけど、今日は父親が早く帰ってくるということで久しぶりに家族で外食をする予定になっていた。朔也君は、自分が乗る停留所からは少し離れた、私のバス停まで一緒に来てくれるらしい。

風が制服のスカートを撫でる。二ヶ月前のように湿気をたっぷり含んだものではなく、からりと乾いた微かに肌寒いくらいの、冬の予告編みたいな風。六月後半から九月後半までずるずると続く夏とは違い、秋は本当にあっという間だと思い知らされる。

「優羽、変わったね」

二メートル前を歩いていた朔也君が振り返る。

「ちょっと前なら絶対受けなかったと思う。『私なんかが』って言って」

「うん、そうかもね」

「それが今は、自分から提案しちゃうんだもん。話聞いてびっくりしたよ」

そう言って彼は親指を立てて〝いいね！〟のジェスチャーをしてみせる。

私はやや駆け足で歩き、彼の隣に並んだ。

「それなら朔也君のおかげだよ」

「え？　俺の？」

友人の秘密を聞いたときのように、彼は驚いた様子で勢いよくこっちに顔を向けた。

「そう。俊矢君をもうひとりの自分だって言ってたでしょ。コピーとかじゃなくて、ちゃんとひとりの人間として受け入れてるの見て、私も美羽とは違う、明橋優羽として生きたいって思えたの。だから、本当に朔也君には感謝してるんだ」

「……そっか」

朔也君は相好を崩す。それは、喜びや楽しさとは少し違う、安らかな笑顔だった。

「役に立ったなら嬉しいよ。優羽の人生に少しでもプラスになったならさ、俺の人生も――」

「うん、ありがと」

彼の言葉を遮る。「俺の人生も無駄じゃなかった」なんて、今際（いまわ）の際（きわ）のようなことを言われたくなかった。

言われたくなかった、のに。

「ずっと優羽を見てたい、んだけど、な」

一番最後は声が揺れてよく聞き取れなかった言葉に、私は空を見上げる。想いが水滴になって落ちるのを隠した。

「寂しいなあ」

「うん、私も寂しいや」

「奇遇だね、ふたりとも寂しいんだ」

「そうだよ、ずっと寂しいんだから」

お互い目を真っ赤にして「寂しい」と連呼する。私の乗るバスが来たけど、運転手さんに会釈をして見送った。

「いいの？　バス」

「うん、もう少し話そうよ」

頷いた彼を目に焼きつけるようにしっかり見つめる。

入院しているわけでもない、今こうして普通に歩いている彼が、あと二週間もしないうちにこの世界からいなくなってしまうなんて、やっぱり信じられない。でも、そう遠くないその未来を想像して、心がじくじくと痛む。

こんなこと思いたくないし、朔也君には絶対に言えないけど、いっそのこと死んでしまうなら諦めがつくのかもしれない。姿かたちはそのままに三年生までずっと同じクラスにいたら、きっといつまでも「そのうちまた人格が戻ってくるのでは」「朔也君がサブの人格になってひょっこり出てくるのでは」と期待してしまうだろう。そんな微かな願いを重ねて生活することになると思うと、胸が張り裂けそうだった。

少しでも長く、一緒にいたい。ただそれだけの望みが、だいぶ時期の早い粉雪のように降り積もる。

「ねえ、朔也君、文化祭さ――」

「優羽、ちょっと待って。交代が来そう」

一緒に回ろうと誘おうとしたところを、右手で制される。後ろの金網のフェンスに寄りかかった彼は、そのまま「先にこれだけ伝えさせて」と両手を合わせた。

「文化祭が終わって少ししたら、薬で眠ることになったんだ」

「薬……？」

ネガティブなイメージしかない単語に、イヤな想像が一気に膨らむ。耳を塞いでしまいたくなるけど、朔也君の方がつらいんだからと自分に言い聞かせる。

「あんまり俺と俊矢の入れ替えが頻繁に起きると脳にも負担がかかるらしくてさ。強めの睡眠薬みたいな薬で数日眠ると、その間に完全に入れ替わるらしい。だから、そこまでは土元朔也として生きようと思うよ」

「そう、なんだ……」

朔也君が雰囲気を中和するためか、病院食の味が云々と話しているけど、頭が真っ白でなにも入ってこない。次の言葉を言う気力も残っていない。

徐々にはっきりしてきた意識の中で、静かに感じたのは途方もない絶望。あと僅かだと分かっていたけど、いざ目の前で〝終わり〟を告げられるとただただ悲しくなり、溢れた苦しさが涙になって、また目からこぼれ落ちた。

「寂しいよ。すっごく寂しい。そんなこと聞いたら、きっと今日から毎日泣いちゃうよ、私」

「大丈夫、俺も毎日泣くから」

「一緒だね」

「うん、一緒だ」

お互い、弱さと脆さをぶつける。ふたりとも、こうして本音を隠さずに分け合うことで、傾いだ心をなんとか立て直そうとしていた。

一番しんどいのは朔也君だから。私は少しでも、彼にいい思い出を残してあげられるように。

私は俯いている朔也君にひとつだけ、さっきの「文化祭を一緒に回りたい」とは違うワガママを伝えようかどうか迷った挙句、思い切って口を開いた。

「ねえ朔也君、最高の文化祭にしようね。あと――」

「ストップ。悪い、ちょうど入れ替わっちまった」

穏やかさが消えた低いトーンの声にフッと顔を上げると、そこには目つきがガラリと変わった俊矢君がいた。最近はこうして話の途中に入れ替わってしまう。本当に、朔也君の時間が短くなっている。

「なにか言おうとしてたのに悪いな」

「ううん、大丈夫」

これは、神様が言わない方がいいと教えてくれたんだろう。

ちょうど次のバスが来たので目で合図すると、俊矢君は「これに乗るのか」とその緑のバスをジッと見る。そして、表情はいつものまま、ほんの少しだけ口角を上げ、私に手を振ってくれた。

「またな。気を付けて帰れよ」

「え、うん、またね」

こんな風にお別れの挨拶をされるのは初めてで、ちょっとびっくりしてしまう。学校でも頻繁に会うようになったので、彼とも少しは距離が縮まったのだろうか。

「走行中の座席の移動は危険ですからご遠慮ください」

乗り込んだバスでアナウンスを聞きつつ、座れない車内で吊り革に掴まる。

「最高の文化祭……」

徐々に紫色に染まっていく空を窓越しに見ながら、掴まっている腕に独り言を吐く。

私ができることは限られているけど、できることは全部したい。後悔なんて一ミリも残したくなかった。


「美羽、美羽、ちょっと相談乗ってほしいんだけど」

その日の夜、隣の部屋をノックすると、すぐにガチャリとドアが開く。まったく同じ顔の姉が驚いた様子で顔を出した。

「どうしたの、優羽が部屋まで来て相談なんて珍しいじゃん」

「ごめんね、文化祭終わったばっかりなのに」

美羽の学校はうちより早く、昨日と一昨日で文化祭を終えている。昨日家族で行って活気に触れ、私も頑張ろうというモチベーションになった。

「ちょっとメニュー表のレイアウトのアイディア練るの付き合ってほしくてさ」

疲れているかと思ったけど、美羽は私の話を聞いて嬉しそうにクッと口角を上げた。

「よおし、お姉ちゃんの美的センスに任せなさい」

「いや、普通にあれこれ喋れればいいから」

テンションの高い美羽を私の部屋に招き、一時間ほど談笑しながら三つの案をまとめた。あとは明日沼井さんにどれがいいか相談するだけ。その前に、朔也君にも意見をもらおう。

そこから一週間、私は朔也君と一緒に文化祭の準備に没頭した。幸い、広報係として必要なポスターやビラの提出は終わっていたので、逆にここからが一番忙しくなる装飾担当や調理担当の準備を手伝うことができた。

「ねえ、俺と明橋さん、手空いてるけどなにか手伝おうか？」

「じゃあさ、お金受け渡し用のお皿作ってくれる？　刺身のトレーあるからちょっと色紙とか貼ってさ。あ、明橋さん、なんか絵かわいいの描いてよ！」

「分かった。じゃあこれは俺たちに任せて」

そしてふたりで教室の隅で机を並べて工作を始める。朔也君はトレーの側面に貼る飾りを作り、私はトレーの底に貼る絵を描いた。大きな硬貨をよろよろと担いでいる男子の絵だ。どんな小さな仕事でも、一緒にやれるだけで楽しい。

隣でハサミを動かしている朔也君に耳打ちする。

「朔也君、さっきちょっとだけ交代してたけど大丈夫だった？」

「うん、二十分くらいね。変なこと言ってなかった？」

「ふふっ、なんか種石君に『手先器用なんだな、意外』って褒めてたよ」

「なにそれ、アイツ余計なことばっかり！」

芝居がかった仕草で頭を抱える朔也君に、私は手を口に当てて笑いをこらえる。

祭の準備というワクワクするイベントのせいか、お互いいつもよりハイテンション。

一日に三、四回俊矢君が出てきているけど、お互いそれにも少し慣れて、笑い話にするようになっていた。

減っていく時間を嘆くより、残された時間を楽しむ方が、きっと後悔しないから。

「はい、これ。俺と明橋の共同制作だぞ」

「ありがと。うわっ、やっぱり明橋さん絵上手だなあ！」

褒められるのに慣れていなくて、照れ隠しで小さく首を振っていると、すぐに教室の反対側から呼ばれた。

「ねえ、朔也と明橋！　終わったらこっちの飾りつけ手伝って！」

「はーい！　優羽、帰る時間とか大丈夫？」

「うん、遅くなるって言ってある」

授業を終えたら夜まで準備をして、家に帰ったらクラスメイトから「これ描いてもらえる？」と頼まれたイラストを仕上げて眠る。

日々エネルギーを使い果たしながら、早送りしているように平日が過ぎていった。

もう一度、お祭りを君と

「一般来場者の皆様は、靴箱手前のテントにてパンフレットを配付しておりますので、ひとり一部お受け取りください」

放送部による校内放送が、スピーカーで正門の方まで響き渡る。

ついにこの日がやってきた。十月二十二日、土曜日。今日と明日は校庭も校舎も文字通りお祭り騒ぎだ。学校という日常の、文化祭という非日常に、生徒も来場者もみんな楽しげに笑っている。

「注文、メロンクリームソーダふたつ入ります！」

「誰かこっちにプリン持ってきて」

「サンドイッチのパンなくなりそう、誰か補充！」

「メロンクリームソーダ、追加でもうひとつ！」

私のクラスのレトロ喫茶は、教室の後方を二十席のテーブル席、前方を調理とスタッフ用スペースに分けたレイアウトで運営している。大きなパーテーションで教室を区切ったうえでお客さんの入口を後ろのドアに限定することで、わりとお店らしい造りになっていた。

「お客様、二名です」

「いらっしゃいませ」

「続けてお客様四名入ります」

そんな喫茶店は、なかなかの盛況ぶりだ。他にも飲食店をやっているところはあるが、どこも激しめの音楽が鳴っていたりビンゴ大会があったりと騒がしく、袴姿に合わせてあえて静かなトーンで接客しているのが奏功しているらしい。ちょっと疲れたときに休める場所になっているようだ。

「優羽ちゃん、次ビラ配りだよね？　こっち手空いてるから、もう着替え行って大丈夫だよ！」

「あ、ありがと、里沙ちゃん。じゃあちょっと出てくるね」

接客のシフトが終わったので、クラス全体の午後のシフト管理を担当している里沙に促されて、制服を持って袴姿で教室を出る。

女子店員は緋色とカラシ色からなる矢羽根柄の着物に濃い緑の袴、男子店員はスタンドカラーシャツに藍色の着物と紺の袴を着ているけど、予算の都合上全員分はレンタルできなかったので、サイズ別に着回している。男女それぞれ、全クラス共有の更衣室が用意されているので、そこに向かうために来場者の波をすり抜けながら廊下を歩いた。

「あれ、優羽どうしたの？」

「あ、うん、時間になったから着替えに行こうと思って」

渡り廊下で曲がろうとしたところで、朔也君と鉢合わせする。

接客担当なのにいつの間にかいなくなったと思っていた彼は、漫画やドラマでよく見る書生のような着物をさらりと着こなしていた。身長は百七十七センチと教えてもらったっけ。やっぱり背が高いといろんな服が似合う。

そんな彼は、私を上から下までジッと見たかと思うと、ニッと笑った。

「着物、似合うね」

「えっ、あっ……ありがと……」

突然のことに顔が真っ赤になってしまう。何度経験しても、朔也君に褒められるのは嬉しくて、照れてしまって、慣れない。

「朔也君も似合ってるよ」

「そっか、ありがと」

彼が教室に戻っていくので、後をついていくように私も引き返していく。せっかくの話せるチャンス、少しだけ着替えに時間がかかってもいいだろう。

「朔也君、どこ行ってたの？　クラスでも男子が探してたよ？」

「ああ、うん、中学時代の友達が来てたから挨拶したんだ」

私の質問に、彼はおどけて着物の袖を揺らしながら答える。

「それは仕方ないね。いっぱい話せた？」

「ああ、話せたよ。十二月に忘年会を兼ねて同窓会しようって」

「そ、っか……」

残念そうに話す彼に、返事が浮かばず言葉をのみ込んでしまう。友人との挨拶は、朔也君にとっては別れの機会だったに違いない。再来月の忘年会には、彼の外見をした彼ではない人しか行けないのに。断ることも本当のことを話すこともできない彼にとって、それはどれほどつらいことだろうと想像して私まで悲しくなってしまう。

「朔也君、まだ接客の時間続くんだっけ？」

「ああ、うん。もう少しあるかな。じゃあちょっと教室戻るよ」

「うん。またね」

手を振って別れ、更衣室に向かって再度歩き出す。

シフトはくじ引きで決まったので、私と朔也君の自由時間はバラバラだ。それでも、こうしてたまに一緒に話せるだけで嬉しかった。

「里沙ちゃん、戻ったよ。ビラ……ってこれ配ればいいんだよね？」

教室の窓側の一番前、荷物置き場まで行き、喫茶店っぽいテーブルやデフォルメされた袴の絵が印刷されたビラを思わずじっくり眺める。自分が描いた作品をたくさんの人に配るなんて、今さらながら少し緊張してしまう。

私のそんな様子を見ていた里沙が、ビラを人差し指でとんとんと叩いた。

「これ、私も午前中配ったんだけど、かわいいって言ってた人結構いたよ。それに正門前で優羽ちゃんのポスター写真撮ってる人いた！」

「え、ホント？」

信じられずにいる私に、彼女は優しく頷く。

「メロンクリームソーダが一番の人気なのもポスターのおかげかもしれないよ。優羽ちゃんの絵、お世辞じゃなくて、私すっごく素敵だって思ってるから。だから自信持っていいよ！」

「……ありがと」

いつも自信のなかった私に、たくさんの人が声をかけてくれる。広報係に立候補して、絵に挑戦してみてよかったと心から思えた。

「じゃあ外で配ってくるね」

「あ、待って」

腕を組むようにしてしばし考え込んだ里沙は、やがてなにかを企んでいるかのようににんまりと笑い、「ちょっと調整したいことがあるからここにいて」とパーテーションの横を通り抜けて、お客さんが座っているテーブルの方へ駆けていった。

二十席のテーブルはすべて満席で、教室の入口には順番待ちの人もいて、かなりの人気店になっている。その人気の理由のほんの一部にでも、私の絵が貢献できていたらいいな。

「お待たせ、優羽ちゃん！」

作業台となっている机に手をかけ、滑るように里沙が戻ってくる。その後ろには、袴姿の朔也君がいた。

「土元君さ、本当はもう少し接客やってもらう予定だったんだけど、夏野君がビラ配りで少し歩き疲れたっていうのね。だから、夏野君を調理の方に回すんで、土元君は制服に着替えて優羽ちゃんと一緒にビラ配り行ってきてくれる？」

「えっ！」

驚く私に向かって、里沙は他の人に気付かれないようにお腹の辺りでピースサインを作る。私の気持ちを、とっくにお見通しだったんだろう。

彼女の提案に、心をギュッと掴まれたように鼓動が速くなる。一緒に文化祭を回れるなんて夢みたいだ。

でも、そう思った私の期待はすぐに打ち消される。朔也君だと思っていたその人は、表情がまったく違っていた。いつの間に入れ替わっていたんだろう。この二、三日は学校で現れる割合も半分ずつくらいになっている。

「というわけで土元君、接客は終わりね。あ、また〝黒朔也〟になってる。接客は笑顔が基本だよ」

「うっさい。他のヤツが普通に接客してんだからこういう表情のウェイターがいても別にいいだろ」

袴で動くのが窮屈なのか、俊矢君はいつもより眉間にしわを寄せてしかめっ面をしていた。

クラスの誰が呼んだのか、〝いつもと違ってなぜか不機嫌そうな朔也君〟は〝黒朔也〟と名付けられた。ネタにされたことでごまかしやすくなったとは思うけど、自分の印象に少しずつ俊矢君のものが混ざっていく様を見ているのは、朔也君本人からしたら寂しいかもしれない。

「ビラ配りねぇ」

溜め息混じりの俊矢君。いかにもかったるそうな表情で、「面倒だな」と言いたげなのが目に見えている。

が、彼は予想外の反応を見せた。

「じゃあ明橋、行くか。着替えるから待ってろよ」

「え？　う、うん」

ブレザーを持ち、暑そうに手で扇ぎながら、彼は廊下を出て更衣室へ向かった。

着替え終わった俊矢君とビラを一束ずつ持って、並んで歩きながら配っていく。

来場者の方はみんな親切で、「レトロ喫茶やってます、どうぞ」と宣伝しながら渡すビラを、拒否することなく受け取ってくれた。

「意外だった」

「あ？　なにがだよ」

「俊矢君がビラ配りやるのがさ。面倒がってやらないと思ってたから」

「そんなことねえよ。接客の方が楽しいなと思っただけだ」

よく考えてみると、俊矢君は決して物事を億劫がる性格ではなかった。もっと接客をしてみたいという素直な気持ちが顔に出ただけなのだろう。

「ただ、ビラ配りなら外に出られるだろ？　ちょっと文化祭の雰囲気も見てみたかったからさ」

「そっか」

彼にとっては初めて見る行事だから、興味津々なのだろう。来年は準備から参加することになるのだけど。

「オレがさ」

不意に、俊矢君はこっちを見ないまま口を開く。

「来月から朔也として生きるとするじゃん。そうしたら、今度は俊矢っていう存在がなかったことになるんだよな」

「あ……」

言われてみればその通りだ。俊矢君という人格は確かに今まで存在していたわけで、朔也君として生きるのであれば、それを無にすることになる。

「なんだろう、オレは急に生まれた人格だけど、それでも存在がなくなるって怖いんだな。いなかったことにされるっていうかさ。朔也が毎日ずっと怖がってた気持ちがよく分かるよ」

そう言うと、ビラを二枚だけ右手に持ち替え、廊下の向かいからやってきた中学生くらいの女子ふたり組に「どうぞ」と近寄る。その表情が怖かったのか、言い方がぶっきらぼうだったのか、ふたりは「どうも……」ともらってすぐにそそくさと逃げるようにその場を離れた。

「ううん、どうも反応がイマイチだな」

「朔也君みたいに笑顔になってないからだよ」

からかうと、彼は首の右側をポリポリとかいて「うるさい」と不機嫌そうに返した。

それを見て、朔也君とまったく違う人間なんだとしみじみ感じる。

「別に、無理に朔也君のフリして生きなくてもいいんじゃない？　俊矢君のまま生きてもいいと思うけどな」

「そうか？」

「うん、ふたりともまったく違うし」

私の即答に、俊矢君は頬を吊り上げてクックッと苦笑する。

「そんなに違うか？」

「違うよ。まず表情がまるで別人だよね。朔也君の方がずっと柔らかいもん。俊矢君しょっちゅう眉間にしわ寄ってるしね。それに口調も、細かい言い回しが違うの。朔也君が『いいよね』って言うところを『いいよな』みたいな。それと、好きな食べ物や色も当然違うでしょ。あと、これは意外とみんな気付いてないと思うんだけど、ひらがなの書き方もちょっとだけ違うんだよね。例えば〝あ〟とか〝め〟の丸める部分が……」

「なんだよ、めちゃくちゃ多いな」

ふたりの違いを列挙していると、俊矢君はおかしくてたまらないというように笑い声を漏らした。

「ったく、好きなヤツのことはよく見てんだな」

「……だね」

照れもなく答える。本当のことだから。

「俊矢として生きる、か。まあそれもいいかもな……ああ、よかったな」

「なにが？」

「本命のお出ましだ」

持っていたビラの束を私に渡して、俊矢君は購買部の向かいにあるジュースの自販機に寄りかかる。

「なあ、明橋。朔也のこと、よろしくな」

突然のお願いだったけど、彼の想いが伝わってきて、快諾する。

「大丈夫、最後まで一緒にいるよ」

「おう」

安心したような表情で目を瞑ると、ほどなくして朔也君が戻ってきた。

「嬉しいよ。優羽と一緒に回れるなんてね」

「ね、びっくりしたよ」

特段入れ替わったことに触れない、ふたりの会話。だからこそ、お互いすべてを知っている同士という感じがして嬉しい。

少しだけ下がった眉、真顔でも笑っているように見える優しそうな目、主張の少ない小さな鼻と口。仲良くなって一ヶ月半経つのに、真正面から見ると未だにアクセルを踏んで鼓動が加速するように胸が高鳴る。

「じゃあ優羽さ、早く配り終えて手ぶらで学校の中回ろうよ。ビラがハケるまで時間かかってるってことにしてさ」

「あ、いいね！　うん、じゃあ頑張って配ろう」

目標があると人間は頑張れるものだ、なんてよく言ったもので。私と朔也君は、来場者も在校生も先生も関係なく一心不乱にビラを配っていき、十五分もしないうちに手元の紙の束を全部なくすことができた。


「なんか見たいものある？」

「ううん、特にないなあ」

制服姿の朔也君が、私を覗き込むように訊いてくる。つれない返事と思われてしまうのがイヤだったので、私の答えにちょっとだけしょんぼりしている彼に、一言だけ付け足す。

「……一緒に見られたら、なんでも楽しいよ」

それを聞いた瞬間、彼は季節外れのヒマワリが咲いたようにぱあっと笑った。

「それならよかった！　俺さ、ちょっとアレやってみたくて、時間くれる？」

「え、遊ぶの？」

「うん、パンフレット見たときからやりたいと思ってたんだ！」

　そう言って彼が意気揚々と入っていった一年生の教室では、チャレンジ卓球という企画をやっていた。くじ引きであたったスリッパやしゃもじなどでクラスの人と試合をするバラエティー番組のような企画だ。

「よっしゃ、団扇だ！　当たりやすい！」

　張り切って卓球コートで構える朔也君。ところが、ボールには当たるものの団扇が折れ曲がりやすくてスマッシュが決められない。あさっての方向に球が飛んでいくたびに、彼は頭を抱えて「うあーっ！」と叫んでいる。

「負けた！　もう一回！」

　スリッパ、おたまと連続で挑戦して、四回目の紙皿でようやく勝つことができた。賞品はなにもないけど、勝利によほど興奮したのか朔也君は満足げだ。

「いやあ、楽しい！　文化祭に来てるって感じだな」

「ふふっ、朔也君、誰より楽しんでるもんね」

だよな、という彼と一緒に笑う。

　漫画で見るような、徹夜の文化祭の準備も、前夜祭のフォークダンスも、後夜祭のキャンプファイヤーもないけど、この空間を一緒に歩けただけで満足だった。

　クラス教室とは反対側の北校舎の二階、部活ごとにやっている展示企画をふたりで覗き込みながら三階への階段を上っている途中、踊り場で朔也君は不意に口を開いた。

「やっぱり楽しいな。好きな人と一緒に歩けてよかった」

あまりにも自然な告白に、バッと彼の方を振り向く。

朔也君は、こちらに目を合わせず、クリームソーダの上のサクランボみたいに頬を染めてまっすぐ前を見ていた。

「ありがとう」

嬉しくて、胸が詰まって、続きが言えない。

伝えなくちゃ、私がどれだけ想っているか、ずっと想っていたか。

脳内からお気に入りの恋愛漫画、映画、歌詞、いろんなものを検索する。なにかいい言葉はないかな。でも、そんなすぐには見つからなくて。

階段を上り終えたところで待っている朔也君はまだこっちを向いていない。私が少し動いても、気付かずにいてくれるだろう。

それなら、言葉だけじゃなくてもいいかな。

右手を伸ばして彼の左手に触れ、ギュッと握る。朔也君は今まで見た中で一番大きく目を見開いて、私が握った手と私の顔を交互に見た。

「私も、一緒だよ」

今まで見たり読んだりしてきた作中の台詞とはまるで違う、シンプルすぎる返事。

ずっと鼓動が速くて、喉から全然声が出なくて。心臓が口から飛び出そう、なんて表現があるけど、本当にそんな感じだった。

朔也君は、どこかホッとしたような表情を浮かべて微笑む。

「よかった。告白しようかずっと迷ってたんだよ。もうすぐ消えちゃうのに、俺が気持ちを伝えていいのかなって」

「そっか、そうなんだ」

もしかして、最近なにかを考え込むように空を見上げていることが多かったのは、そのせいだったのだろうか。ホットミルクを注いだかのように、心が温かく満たされていく。

「でもね、優羽を見てて、言おうって思えたんだ」

「え？　私？」

「そう。自分を変えようって頑張ってる優羽を見て、俺も一歩踏み出せた。だからこの告白は、優羽のおかげなんだよ」

急な発熱みたいに、体中が熱を帯びる。

俊矢君の存在を肯定的に受け入れて前に進もうとする朔也君を見て、私も美羽と違う人間だと肯定することができた。そんな私が、知らず知らずのうちに、朔也君の力になれていたなんて。

幸せな気持ちが膨らんできて、私の方こそ、と精一杯お礼を言いたくなる。

でも、今一番伝えたいのは、別の想い。私の方から、「一緒だよ」じゃない言葉で目の前の人に届けたい。

「私も、朔也君のことが、好きです」

「うん、俺も優羽のこと好きだよ」

好きな人に好きと言ってもらえることが、どれだけ奇跡的なことなのか。手を繋ぎながら、その幸福を噛みしめる。

そして、「付き合おうよ」という言葉が出てこないのは、この幸福が長く続かないからだということも、頭では分かっていた。

北校舎の三階はほとんど部活の出し物がない。いくつかの展示企画をしている部室と、ドアに〝休憩室〟と書かれた紙の貼ってあるがらんとした教室があるだけで、残りの教室は防犯のためか施錠されていた。

「ねえ、朔也君、ワガママ言ってみてもいい？」

休憩室に入りながら、この前途中で俊矢君に入れ替わってしまって言いそびれた言葉を、記憶から取り出す。

「ん？　いいよ」

「薬飲んで眠るのやめてよ」

「……ん……」

　無言が戸惑いを語る。困ったような笑顔で、彼は僅かに唇を撫でた。

「薬飲まなくても、どんどん俊矢君が増えていって完全に入れ替わっちゃうんだろうけどさ。飲まなければ一週間とか二週間とか、少しでも長く朔也君に会えるんでしょ？」

「まあ、そうだけどね。でも脳に負担が──」

「いいじゃん、そんなの」

　感情ばかり先走って思わず遮ってしまう。こんな風に誰かに強い気持ちをぶつけるのは、慣れていない。それでも、抑えられない。

「ひどい言い方かもしれないけど、俊矢君になっちゃったら朔也君は関係ないんだから。脳の負担とか、後のことなんて気にしなくていいんだよ。だからさ……」

　その言葉に、朔也君は面食らったようだが、すぐにいつもの柔和な表情に戻る。

「ありがとう、優羽にそう言ってもらえるの、すごく嬉しいよ。でも、やっぱり俊矢のこと考えると、ちょっとね。負担かけた結果、アイツの日常生活に支障が出たら困るし。俊矢も俺も、どっちも自分だもん。俊矢の人生はこれからも続いていくから、迷惑はかけたくなくてさ」

　やっぱり、いつだって朔也君は優しい。自分がもうすぐ消えるというのに、残される俊矢君のことを気にかけている。もっと自分中心でいいのに。でも、彼にとっては俊矢君も〝自分〟だし、こういう優しさも好きになった理由だし、と頭がぐちゃぐちゃになってしまう。

冗談で済ませなきゃ。私も普通のトーンで「そっかあ」って残念そうにしなきゃ。困らせたくない。

「そっか、ダメかあ。朔也君、誰にでも優しいからなあ」

うん、その調子。笑顔のままで、いつものままで。

「えへへ、残念だなあ。じゃあああと何日かで……何日かで……」

次の言葉が出てこない。喉に大きな石でも詰まったのかと思うほど、なにも音にならない。続きの「さよならだね」が声にならない。

ダメだよ、それじゃダメなんだよ。不安にさせちゃう。大好きな彼を困らせてしまう。つらいのは朔也君なんだから、私はちゃんと支えなきゃ。

そうやって何度言い聞かせても、笑顔は硬直して、瞬きすると視界が滲む。

「何日か……じゃイヤなんだよ……もっと、もっと一緒にいたいのに……っ！」

三階の端っこ、誰も人がいない中で、涙が止まらなくなる。足がガクガクと震えて、立っていられない。倒れそうになって胸元に寄りかかる私を、朔也君はしっかり体で受け止めてくれた。

「ごめんね、優羽。ごめん」

「なんで……なんで朔也君がこんな目に遭うの！　なんにもしてないじゃん！」

「ね、なんにもしてないのにね」

誰か、なんとかしてよ。

神様、こんなときにばっかり頼んでごめんなさい。美羽と私の不公平なんて、もう気にしないから。この先、私にどんなつらいことがあっても歯を食いしばって耐えるから。だから、だからどうか、この人のことを、なんとかしてください。

「死なないでよ……」

「死なないよ、優羽。ずっと寝てるだけだよ」

「一緒だよ……一緒なんだよ……」

世界は不条理で理不尽で、でも私たちにはこの世界しか選べる場所がなくて。ありったけの怒りと悲しみを、目の前の朔也君にぶつけてしまう。

それでもちゃんと私と向き合ってくれる彼に、余計に悲しみが噴き出す。

「ああ、ズルいなあ。我慢してるのに、泣かれたら俺も抑えきれなくなるよ」

「いいよ……今くらい、抑えなくていいよ」

「優羽は優しいな……一緒に、い、たいなあ……」

私の背中を包み込む、彼の腕。温もりが伝わってくる。朔也君がまだ普通に生きていることを、教えてくれる。

二週間も経たないうちに、こうして彼と抱き合うことはなくなるだろう。有限なこの時間が途方もなく愛おしくて、誰にも邪魔されたくない。

今だけは、誰もここに来ませんように。誰も彼の中から出てきませんように。

「朔也君、好きだよ」

「うん、優羽、好きだよ」

「文化祭、いい思い出になった？」

「……うん、これまでで一番」

「よかった、じゃあ私の目標達成だ」

クリームソーダのように甘くて、炭酸の泡のように儚い恋が、始まってすぐに終わっていく。

待ちに待っていた私たちのお祭りは、こうして数多の感情を混ぜこぜにして過ぎていった。

君がいなくなった日

「優羽、これどうかな？」

「あ、うん、すごく上手！　すべり台の赤色とか、すごくリアルだよ」

彼の描いている絵を見て、色鉛筆を置いて小さく拍手する。間もなく完成しそうな複合遊具の色鉛筆画は、初めて描いたコスモスより格段にうまくなっていた。

文化祭が終わった後、月曜から木曜の今日まで、朔也君とこの中平公園で一緒に絵を描いたりお喋りしたりして過ごしている。少しずつ寒くなってきたから近くにあるカフェに入ってもいいのだけど、最後は思い出の場所で過ごしたい、というふたりの意見が一致した。

明日は病院だと知らされている。薬を飲んで、朔也君の人格を完全に眠らせる日だ。

「描けるようになってくると楽しいね。いろんなもの描いてみたくなっちゃう」

「ね、そうでしょ！　色鉛筆ももっとたくさんの種類の色欲しくなっちゃうんだよね」

共感はするけど、それ以上会話は前に進まない。あと何時間、とカウントダウンできてしまうタイムリミットが、「じゃあ次はなにを描く？」と訊くことを許さない。

それでも、朔也君は明るく笑ってみせる。

「俊矢になっても描き続けてもらおうっと。優羽、教えてあげてね」

「ん……分かった」

彼の頼みなら仕方ないと頷いた、そのときだった。

瞬時に、彼の顔が凍りつく。目は大きく見開かれ、口も半開き。膝の上のものをどかすことなく立ち上がり、遊具の階段を塗っていた黄色の色鉛筆を落としていることで、彼の動揺が如実に伝わってきた。

「朔也、君？」

彼の視線の先に目を遣る。よれよれのネルシャツを着た痩せ細った男性が、公園に入ってきてランニングコースの内側をゆっくり歩いていた。顔立ちや髪を見ると五十歳前にくらい見えるが、頬がこけているのでもっと老けているのかもしれない。

「父、親」

「えっ」

朔也君がそう言ったとほぼ同時に、男性もこちらに体を向けて歩みを止めた。朔也君だと、気付いたらしい。コースを外れ、芝生の上を私たちの方に向かって一直線に歩いてくる。

朔也君を苦しめ、俊矢君を生み出した原因の人。そんな人と会うとしたら、間違いなく、俊矢君にバトンタッチするだろう。この場で激しい口論になるかもしれない。

「…………」

　朔也君はいつものようにグッと目を瞑る。でも、様子がどこかおかしい。指を曲げた手で頭の両脇を掴むように押さえ、なにかぶつぶつと呟いている。そして、声の届く距離まで来た彼の父親に、話しかけた。

「久しぶりだね、父さん」

　その口調や声のトーンに、私以上に父親の方が驚いていた。彼は、入れ替わっていない。

「……朔也、なのか。母さんからは、俊矢がまだいるって聞いていたから」

「うん、俺だよ」

　頷いているその柔和な表情は、間違いなく朔也君だった。てっきり俊矢君に替わると思っていたし、父親もそう考えていたようだ。

「父さん、どうしたの、こんなところで」

「ああ、肝臓を壊して隣の病院に入院してるんだ。自由時間になったんで、外出許可もらって散歩でここまで来た。病院の庭は歩き飽きたしな」

　離婚した後に酒量が増えたという話を朔也君から聞いていた。まさか、そこまでひどかったとは。枯れた樹木のような顔色もこけた頬も、病気のせいなのだろう。

「そうなんだ……いつから入院してるの？」

「ああ、先月から。ちょこっと検査入院したんだけど、本格的に治療が必要だってことで、会社を休職してな」

「そっか。母さんから前に聞いたんだよ、お酒だいぶ飲んでるって」

立ったまま、ふたりは静かに話す。お互い短い返事の応酬で、もちろん仲がいい親子には見えないけど、過去になにかあったふたりとは思えない穏やかな会話だった。

「じゃあ、そろそろ病院に戻るよ」

「うん」

そう挨拶した父親はしかし、なかなかその場を動かない。なにかを言い淀むように、両唇を擦り合わせ、目をキョロキョロさせている。

やがて、内臓を気遣うように曲げていた腰をクッと伸ばした後、深くお辞儀した。

「朔也、すまなかった。俺が間違っていた。今さらどうにもならないだろうけど、ずっと謝りたかった。本当にすまなかった」

賑やかな公園で私たちの周りだけ沈黙に包まれる。「許してほしい」と口にしなかったのは、そんな資格はないと思えるほど悪いことをした、と考えている証かもしれない。

朔也君は、しばらく押し黙っていたが、やがて返事をする合図のようにこちらにも聞こえる音で息を吸った。

「いいよ、もう。大丈夫だから。今は今で、楽しくやってるよ」

弱々しく顔を上げる父親に、彼はゆっくりと首を振る。これから先会えなくなる肉親に、もう過ぎたことだと伝え、過去の関係に決着をつけたかったのだろう。

「体、気を付けて」

「ああ、ありがとう。朔也も……元気でな」

別れの言葉を述べ、彼はまたゆっくりと歩いて去っていった。

見えなくなった後、朔也君は私に「帰ろっか」と呼びかける。私も彼のことが気がかりで絵を描くどころではなかったので、頷いて自由帳や色鉛筆を片付け始めた。

「——きちんと許せたわけじゃないんだ。多分これからもずっとあの頃の怖さとか寂しさとか思い出すだろうしね。でも、過去が変わるわけじゃないから、謝ってもらったなら、ちゃんと受け止めるくらいはしてもいいかなって」

バス停に向かって歩きながら、朔也君の話に黙って頷く。彼なりの親孝行、なのかもしれない。

「あの人と会ってさ、すぐに俊矢が出そうになったんだよね」

「やっぱりそうだったんだ」

私も、間違いなく入れ替わると思っていた。

「あのとき、頭に手当てでたけど、俊矢君と話してたの？」

「うん。いつもの部屋が浮かんできてさ、そこで俊矢と会ったんだけど、どうしても自分のままであの人と話したかったから、『出ないで』『俺に話させて』って念じてたら、部屋の中で俊矢と話せたんだ。そしたら向こうが『分かった』って言ってくれて、また水槽に戻ってくれた。初めて対話できたんじゃないかな」

「そっか、よかったね」

前に俊矢君が言っていた。どっちかが本当に強く願わないと交信は難しいらしい。朔也君の、どうしても自分の力で乗り越えたいという想いが、俊矢君に届いたに違いない。

「やっぱり俊矢とは別なんだな。俺もちゃんとひとりの人間だって思えたよ」

そう言って私の数歩先を歩く彼の表情は、夕日の落ちてきた暗がりでも分かるくらい明るかった。


翌日、金曜日の放課後。里沙が机まで来て話しかけてくれる。

「優羽ちゃん、久しぶりに今日カフェでもどう……と思ったけど予定あるみたいだね」

「あ、うん。ごめんね里沙ちゃん」

バッグに教科書をバサバサと詰めている私に、彼女はやや驚いている。確かに、私がこんなに急いで帰ろうとするのは珍しい。

「どっか出かけるの？」

「うん、ちょっと友達が遠くに行っちゃうからさ。挨拶に行こうと思って」

「そっか……それは寂しいね」

共感するように、眉を下げてしょげてくれる。この子が友達でよかったと思えた。

「またカフェ行こうよ。涼火さんの話したいし、里沙ちゃんの絵もまた見たいな」

「うん、優羽ちゃんの絵も見せてね。あ、新聞部の、期待してるから！」

「ありがと！　またね」

明るく挨拶して、駆け足で教室を出た。

十月二十八日。この先ずっと、今日という日を忘れることはないだろうと感じながら、靴箱で上履きから靴に履き替える。心ここにあらずだからか、かかとの部分がうまく履けない。

今日朔也君は学校を休んでいて、午前中から病院で検査を受けていた。放課後のこの時間からしか会えないと分かっていたので日中は普通にしていようと思ったものの、やっぱり授業中は上の空で、先生の解説も板書もなにも頭に入ってこなかった。

「うわっ、風強い」

ひゅうっと強く吹いた風に思わず小さな叫び声をあげる。朔也君、というか俊矢君と公園で初めて会ったのは九月の一日だったっけ。そこから今日まで、あっという間だった気がする。

昨日朔也君と絵を描いて過ごしていたことを思い出す。最後の夜は、家でお母さんとご飯を食べると言っていた。私がこんなにつらいのだから、母親の悲しみは如何(いか)ばかりだろう。

そういえば昨日の朔也君は、朝から放課後まで空き時間を見つけてはクラスメイトとたくさん話していたな。私が「ちゃんと事情話してお別れ会とかやろうか?」と訊くと、「すぐに俊矢が登校するんだし、別人だから切り替えてって言ってもみんなも戸惑っちゃうだろうから」と彼らしい返事をくれた。

「あ、駐輪場ができてる」

正門を出て、帰り道と反対側、右側に少し歩いたところにあるスーパーの駐車場を見て、これまでとの違いに気付く。駐車スペースが減り、自転車や原付を置く場所が設けられていた。ずっと同じだと思っていたものも知らないうちに少しずつ変わっていって、すぐに慣れていく。その順応性が、今日は少しだけ恐ろしくもあった。

緑道の葉は少しだけ黄色に色づいている。来月になれば完全な紅葉(こうよう)になるだろうか。風が葉を撫で、アスファルトに映る影が手を振るように揺れている。

信号のない交差点で右折すれば目的地はもうすぐだ。直進したら、あるいは左折したらどこに行くのだろう。朔也君と何度も通った道なのに、私たちには寄り道する時間がなくて、分からないままだった。

緩やかな坂道を上り、中平公園が見える。今日の目的地は向かいの大きな建物だけど、まだ連絡が来ていないので公園を歩いてから行くことにした。

「じゃあキイちゃんが鬼ね」

「ズルいよ！　ワタシさっきも鬼やったもん」

大きな複合遊具で鬼ごっこをする子どもたちがたまに喧嘩しながらもキャッキャと遊んでいる。子どもは風の子、薄着で走り回っているのを見て、小学一年のときに同じように美羽とはしゃいでいた記憶が呼び起こされた。

芝生のスペースに簡易テントを張って水分補給をしている親子に、ランニングコースを走っているいつもの老夫婦。お母さんに車いすを押してもらっている子は、病院から来たのだろうか。水場の水は抜かれてしまったけど、相も変わらず地域の憩いの場になっている。

ここも本格的な紅葉はまだ少し先らしい。ランニングコースの奥にある竹林は姿を変えることなく寒さに身を寄せ合うように揺れ、耳あたりのいいザワザワという音を奏でている。もうそろそろ終わりを迎えるであろう秋咲きのコスモスも、濃淡さまざまな紫の花を鮮やかに咲かせ、この公園のベンチを彩っていた。

ここによく朔也君と来たな。いろんなことを話したな。ベンチの端っこに座ると、反対側に彼が座っていた記憶がまざまざと蘇る。姿やかたち、笑顔に声までくっきりと再生できる。

この記憶もいつか色褪せていくのだろうか。日々クラスで接する俊矢君の表情や口調に、上書きされていくのだろうか。それがどうしようもなく怖く、寂しくなって、私はブレザーのポケットに入れていたハンカチを取り出して目元を覆った。

ちょうどそのタイミングで、スマホが震える。

「よし、行かなきゃ」

またここに来ようと誓って、ベンチを後にする。飛んできたサッカーボールを転がして小学生に返してあげながら公園の入口を出て、道路を渡ったところにある病院へ入っていく。この地域では一番大きな病院で、私の祖母も以前に紹介状を書いてもらって通院していたはずだ。

「えっと……中庭は……」

キョロキョロ探していると、駐車場の前に案内看板が出ていたので、停まっている車の数に驚きながら奥へ進んでいく。

やがて、木々が生い茂った中庭に辿り着いた。たくさんの患者さんが歩いたり軽く運動したりしている。

　葉がやや赤く染まっているのは多分サクラの木だ。このサクラも、十一月に入れば完全に色が変わってサクラモミジと呼ばれるようになるはずだ。そして春には満開の花びらで患者さんたちに新しい一年を告げるのだろう。

「あ、優羽、こっちこっち！」

　少し遠くにあるベンチの方から声がする。朔也君が私を手招きで呼ぶので、早足で近づき、鉄製のひじ掛けのついた、そのベンチに座る。

「ありがとな、時間くれて」

「こっちこそ、貴重な時間なのに、ありがとう」

　昨日までとなにも変わらない、穏やかで柔和な笑顔。服装もパジャマではなく、白いTシャツに赤を基調にしたコーデュロイシャツ、ベージュのチノパンで、今日これからこの人が消えてしまうなんてとても信じられなかった。

　朔也君と俊矢君の出現時間は、もう半々になっているらしい。そして今日、薬を飲んで四、五日間寝ることで朔也君の人格を眠らせ、俊矢君に完全に入れ替わることになっている。

　そこで彼は、自分が表に出ているタイミングで三十分だけ面会できるよう調整してくれた。家族以外で最後に会う人に私を選んでくれたのがたまらなく嬉しい反面、これが最後の会話になるのだと思うと途方もない寂しさが襲ってくる。

相反する感情にのまれて戸惑っている私に目を合わせ、朔也君は「ねえ」と口を開いた。

「今日、学校で面白いこととかなかった？　ニュースでもいいよ」

「へ、学校？」

日常の延長線上の質問に、拍子抜けして間の抜けた声を出してしまう。

「ううん、特には……あ、笹井君が彼女できたって言ってたよ」

「マジか！　前話してた幼なじみの子かなあ」

ちょっと羨ましそうに、そして楽しそうにパチンと指を鳴らす。そして、小さな鼻を膨らませながらクスクスと声を漏らした。

「ふふっ、最後まで普通の高校生でいたいからさ」

「ああ、そっか、そうだよね」

もっとシリアスなシーンばっかり想像していたけど、朔也君はそんなこと望んでいなかった。

最後まで自分らしく。だから、一番距離の近かった私を選んでくれたのかな。だったら、言うかどうか迷っていたことも打ち明けよう。

「あのさ、文化祭で描いたポスター、すごく評判だったみたいでね。新聞部が毎月印刷してる新聞があるでしょ？　あれの来月号の表紙に、私の水彩画を入れさせてくれないかって依頼が来たの」

「うわっ、ホントに？　優羽すごいじゃん」

「うん、部長さんが気に入ってくれたみたい。描いたら写真で撮って、カラーのまま画像で取り込んでくれるんだって」

「そっか、おめでとう。うわあ、見たかったなあ」

結構伸びて眉にかかっている黒髪を揺らしながら、彼は残念そうに首を振る。まずかったかなと思ったけど、「聞けてよかった、おめでとう」と何度も言ってくれたので、やっぱり伝えて正解だったのだろう。

「あのさ、朔也君」

呼びかけつつ、バッグからクリアファイルを取り出す。それをファイルごと朔也君に渡した。

「これ、朔也君に、と思って」

「え、俺に？」

「ん、私の絵が好きだって言ってくれたから……」

ファイルに挟んだA4サイズの小さな画用紙。昨日の夜、深夜まで絵の具で描いていたのは、一面の紫のコスモスに囲まれて幸せそうに寝ている二頭身の朔也君の絵。

まだ水彩画でちゃんとした人物画は描けないので、朔也君だけイラストっぽい絵にして融合させてみた。

「なんか、その……こんな風に気持ちよく寝ててほしいなって」

ジッと絵を見ていた朔也君は、スッと目を閉じて右手の人差し指で両目尻を拭った。

「ありがとう。本当に素敵な贈り物だよ。大事にする。ああ、これも朔也のままで覚えてられたらいいのになあ」

「ね、覚えてられたらいいのにね」

彼の寂しそうな一言一言が、私の胸を軋ませる。もう終わりを覚悟している彼に、ただ相槌を打つことしかできなかった。

「でも奇遇だね。俺からも、絵を贈ろうって思ってたんだ」

そう言って彼も、持っていたバッグからクリアファイルを出す。私の描いたイラストが、真っ先に目に入った。入院が決まってから、いつでも見られるように私からプレゼントしていたものだ。

朔也君と一緒に描いたコスモス、俊矢君がすべり台の下の砂山に頭から突っ込んでいる絵、そしてコスモスの花冠をした朔也君がターザンロープで滑走している絵。全部、朔也君は楽しそうに見てくれたっけ。

「持ち歩いてくれてるんだ」

「うん、これはずっと取っておく」

絵を大事そうに撫でながら、照れもなくそう口にすると、朔也君はファイルの一番後ろに挟んでいた紙を引き抜いた。それは、彼が少し前まで描いていた、中平公園の風景画。

「このイラスト、俺だと思って持っておいて。優羽が俺に描き方を教えてくれた絵だから、宝物なんだ」

「宝物なのに、もらっていいの？」

「うん。優羽に持っててほしい」

私はちょっと描き方のポイントを説明して一緒に描いただけ。それでも、彼の役に立てたなら、それで十分幸せだった。

「そうだ、優羽、これだけ言っておこうと思って」

思い出したように、彼は両手をパンと打つ。

「俺のこと、好きだって言ってくれたでしょ？　だから、その、俊矢はそんな気はないかもしれないけど、完全に入れ替わったらアイツと付き合っても――」

「付き合わないよ」

強がりを隠すように小さな声で話す、彼の言葉を遮る。

「朔也君も言ってたじゃん。俊矢君は、顔は一緒でも違う人だよ。たとえ人格が入れ替わったことにみんなが気付かなくても、朔也君を好きでいることが、私だけはちゃんと覚えてるよっていう証なの。朔也君はふたりでひとりじゃないって、ひとりなんだよって、私だけはそうやって思い続けながら過ごしていきたいんだ」

それを聞いた朔也君は、唇を震わせた後、もう人差し指では拭いきれないほど大粒でたくさんの涙を流した。

「そっか……うん、そうしてくれたら……ふっ……うっ……嬉しいなあ……」

嗚咽を漏らしながら子どもみたいに泣いている彼を見て、私も涙が滲んでくる。

今日は泣かないと決めていたのに。

「もうひとつだけ……ふっ……俺にワガママ言わせて……さっき言ってくれたこと、約束して。忘れないで。俊矢の中に……眠っても……俊矢の中にいるから。俊矢はもうひとりの自分で、そこにちゃんといるから。覚えておいて」

「うん……忘れないよ、絶対忘れない！」

ベンチで彼に触れられる距離まで滑るように近づき、強く抱きしめる。彼の涙が腕に当たり、冷たい温もりを残す。

「どこにも行かないでよ……朔也君……行ってほしくないよ……」

「俺も行きたくない……ずっと優羽と一緒にいたいのに……」

映画で「最期の日はお互い笑顔でお別れ」なんてシーンをたくさん見ていたはずな

のに。現実はそんなにうまくいかなくて、未練がましくて、カッコ悪くて、ずっと笑顔でなんかどうやったっていられなくて。

でも、きっとこれでいい。無理に気持ちを隠すのではなく、精一杯ぶつけたかった。

「優羽、好きだよ」

「うん、私も、朔也君が好き」

「ずっと好きだったよ。もっと早く言えばよかった」

「私も、九月から好きだったよ。私から言えばよかったな」

「……あと五分、こうしてようよ」

「うん、そうする」

優しく抱きしめ、「好き」の言葉を繰り返して想いを重ねていく。

劣化コピーだと思っていた私を、明橋優羽として見てくれた人。文化祭で、踏み出すきっかけをくれた人。私が私でいることをずっと肯定して、応援してくれた人。私は、この人のことが大好きだ。

彼が私を明橋優羽として見てくれたように、私も目の前のこの人を土元朔也君として見ている。人格が入れ替わっても、俊矢君とは別の人だから、ありったけの感謝を込めて、これからも一番近くで朔也君を想い続ける。

「……そろそろ時間だ」

名残惜しそうに、朔也君は私から離れた。でも、その表情はどこか清々しい。

「うちの母親も優羽もさ、どっちも俺を俺として見続けてるって言ってくれたんだよね。そう考えたら、一番大切な人の記憶の中に生きられるならいいかなって」

「うん、大丈夫。ずっとずっと覚えてるから」

「ありがとう、優羽」

「こっちこそ、ありがとう。全部朔也君のおかげだよ」

ギュッと握手する。力強い手に温かい体温。この人は眠るけど、死なない。ちゃんと体もあるし、人格も奥底で眠るだけ。悲しいはずなのに、今はそのことに無性に救われる。

「じゃあ、さよなら。優羽、元気でね」

「うん。朔也君も、元気で」

彼は病院へ駆け足で戻っていく。途中、何度も振り返り、手を振りながら見せてくれたその笑顔を、私は決して忘れないだろう。

「おはよう、里沙ちゃん」

「おはよ、優羽ちゃん」

週明けの三十一日。登校して里沙と挨拶を交わす。ショートホームルーム開始前ギリギリだったけど、ふたつ右、ひとつ前の席には誰も座っていない。

「土元君、病気長引いてるね」

「そうだね」

風邪という設定だったことを思い出し、調子を合わせる。私が元気がないことを、気取(けど)られないようにしなくちゃ。

「ここで復習だけど、対象が正の数であれば、常に相加平均の方が相乗平均以上になるわけだ。これを証明に使うことで……」

数学の授業を、解法の意味がよく分からないままノートに取っていく。

朔也君なら難なく解けるだろう。そう思うと、つい空席に目がいってしまう。

映像のように、うっすら透明になった彼が座っているのが見える、なんてことはない。だからこそ余計に、何も変わらない机を見ているのはつらかった。

四、五日眠ってから俊矢君になると言っていたっけ。もし今病室で寝ているとしたら、そこで寝ているのはまだ、朔也君なんだろうか。起こしてでも会いたい、なんて自分勝手な考えが脳裏を掠(かす)める。ただひたすらに気が滅入ってしまうこの思考を邪魔するのに、授業や休み時間の教室移動は都合がよかった。

放課後、なんとなく中平公園に足が向かう。絵を描く気にもならず、ベンチでぼんやりと景色を眺める。

いつもこの公園に来るときは、朔也君とどんな絵を描こうか、どんな話をしようかと楽しみだったけど、その機会はもうやってこない。もう二度と。

いつか俊矢君と来て、絵を描いたりすることもあるんだろうか。そのときは、どんなことを話すのかな。やっぱりこの人は朔也君じゃないなんて再確認して落ち込んだりするのかな。

「ふっ……う……うう……」

みんなが見ている前で泣くなんて、と我慢しようとすればするほど、涙が止まらない。拭っても拭ってもブラウスの袖は濡れ続け、ちらと見えた病院に朔也君がいることを思い出し、また泣いてしまう。

会いたい。会いたい。たったそれだけの、単純でどうにもならない願いが嗚咽に変わり、ベンチで俯く。そんな私の手を撫でようとするかのように、風に吹かれて膝の上に落ちた固い落ち葉がカサカサと音を立てた。

翌々日、水曜日。朔也君と初めてあの公園でちゃんと話したときからちょうど二ヶ月が経つ、十一月二日の早朝。ピーナッツバターを塗ったトーストをミルクティーで一気に流し込み、玄関で靴を履いていると、美羽がトタトタと起きてきた。普段の登校より一時間以上前に家を出ようとしている私を呼び止める。

「こんな時間にどしたの、優羽？　学校早いの？」

「ちょっと、友達に会いにね」

「……そっか」

美羽はそれ以上深くは訊いてこない。多分、私が前に相談した彼の件だと分かっている。ニッと頬を吊り上げて、靴に履き替えた私に手を振る。

「いってらっしゃい、気を付けてね」

「ん、いってきます」

同じ顔の姉に見守られながら、私は玄関の外にあった小さな石を蹴り出し、いつもと違うバス停に向かった。今日降りる停留所は学校より少し先の、病院前だ。

朝起きたら、俊矢君から【目が覚めた】とメッセージが来ていた。ふたりの入れ替わりが無事に終わったようなので、学校に行く前にお見舞いも兼ねて会うことにした。この時間に出れば、ショートホームルームには間に合うだろう。

病院の門から入り、駐車場を抜けるような形で奥に進むと、緑が鮮やかな中庭に到着した。平日の早朝だと、さすがに人も少ない。

週末に買っておいた、渡すつもりのお菓子の紙袋を横に置いて、約束の時間を待つ。もうすぐ会える、というこのタイミングで、俄然緊張が強くなってきた。

俊矢君と今まで通り接することができるだろうか。第一声はどうしようか。なにを話題にしたらいいだろうか。

尽きない疑問を脳内に浮かべては、会話のシミュレーションしてみて、うまくいかなそうだとやり直す。長く話すのは難しそうだから、早めに切り上げてもいいかもしれない。

会う予定を入れたことを後悔すらしそうになっていると、見覚えのある男子が近づいてきた。

歩いてくるのは俊矢君のはずなのに、その表情や佇まいがどうしてか朔也君に見えてしまう。彼に会いたいという私の願望が、そのように見せるのかもしれない。

そして、私に声をかけてくる。

「お待たせ、優羽」

いつもの俊矢君とは違う呼び方。冗談でからかっているのだろう。

「ちょっと俊矢君、性格悪いよ」

ツッコミを入れた私に、彼は優しい笑みを浮かべる。まるで、朔也君みたいな。

「残念ながら、俊矢じゃないんだよ、優羽」

表情も声のトーンも、私の記憶の中にいる、私の好きな人と一緒。

そんな。まさか。でも、この話し方を、私はよく知っている。

「朔也……君……？」

「うん、ただいま」

そのいつもと変わらない挨拶に、私は信じられない気持ちでもう一度彼を見つめた。

「え、なんで？　薬、え、飲んだよね？　え？」

「うん、飲んだんだけどね……」

なにをどう話すか迷うように、彼は頬に手を当てた後、ゆっくりと口を開いた。

「薬を飲んでさ、いつもの真っ白な部屋に行って、水槽で寝てたんだよ。そしたら、俊矢が俺のことを起こして、話しかけてきたんだ。アイツ『オレが消えるから、お前はあそこにいろよ』って言い出して、俺を机に戻して自分が水槽の中で横になったんだよね。そこで目が覚めた」

「え、じゃあ俊矢君は……」

「ああ……消えちゃったんだ。昨日の夜から、もう頭の中にあの部屋が浮かんでこないんだよ。もう、交代することはないんだと思う」

ちゃんと自分だけの体になったのに、彼は喜びより寂しさや戸惑いが先立つように俯く。私も、同じように困惑していた。

お医者さんには俊矢が主人格になると言われていたはずなのに、なにがあったのだろう。もしかしてこれは、俊矢君の意志だったのだろうか。彼が自ら消えることを選んだ？　そうだとしたらどうして？

今となってはなにも分からない。これまでなら、少しの時間待っていれば出てきた彼は、もう現れることはないのだ。だから、もし知っているとしたら朔也君だけ。

「ねえ、俊矢君とどんなこと話したの？」

いくつもの疑問を、ひとつの質問にまとめてぶつけると、彼は「ああ」と頷いた。

「優羽によろしくって言ってたよ。これからも俺のこと面倒見てやってくれってさ。最後までお節介なヤツだよ」

愚痴るように言う朔也君の表情はしかし、どこか嬉しそう。

私も「朔也のこと、よろしくな」と文化祭のときに直接言われた。消える瞬間まで、もうひとりの自分を心配していたんだ。

「あとは……それ以外もいろんなこと話したんだけど……」

そこで彼は会話をやめて、口を閉じて押し黙る。そしてしばらく考え込んだ後、微笑を浮かべながら、目を瞑って首を振った。

「ごめん、教えていいかどうか聞いてなかったから、これは俺とアイツだけの秘密にしておこうかな」

「そっか。うん、それがいいと思うよ」

ふたりで交わす最後の会話。きっと、大事な話をしたのだろう。

「もう、戻ったなら昨日のうちにちゃんと教えてくれてもいいのに」

「ごめんごめん、今日びっくりさせようと思ってさ」

ふくれっ面の私に向かって両手を合わせて謝る朔也君に「学校はいつから戻れるの？」と訊くと、「明後日からは行けるんじゃないかな」と頷いた。

「改めて、朔也君、おかえりなさい。もう、消えることはない、んだよね？」

「うん、もう大丈夫だよ。優羽、ただいま」

ベンチに座ったまま、彼の伸ばした腕に触れる。朔也君の匂いがする。

お互い、たったひとりしかいない、明橋優羽と土元朔也。自分は自分のままでいていい。そんな当たり前のことが大切だと教えてくれた君と、またこうして過ごせることに目一杯感謝する。

そして同時に、俊矢君がいなくなってしまったことへの寂しさも胸に去来する。私の中で、彼はすっかりひとりの人間になっていた。その気持ちはきっと朔也君も一緒で、だからこそ、ふたりともどことなく表情が硬いのだろう。

「優羽、それなに？」

さりげなく話題を変えるように、朔也君が横に置いていた紙袋を指差す。

「あ、これ？　お見舞いの品用意しなきゃと思って、マドレーヌ持ってきたの。好きなの食べて」

箱を開け、五種類の味の入った中身を見せる。彼はじっくり眺めて、緑色の個包装を手に取った。

「んん……なんとなく、今日はこれの気分だなあ」

「そうなんだ。意外だね」

彼が手に取ったのは抹茶だった。好きじゃなかったはずなのに。

「でも俊矢がいなくなったのは正直寂しいね」

そう言って朔也君は、おもむろに右の首筋をかいた。

「あっ……！」

「ん？　どうしたの？」

「……ううん、なんでもない」

抹茶が好きで、困ったり不安になったりするとすぐに右の首筋をかく人を、私は知っている。ぶっきらぼうで、でも優しかった彼は確かに、その体の中にいる。消えないで、朔也君と一緒に生きている。それを目の当たりにして自然と溢れ出た涙を、朔也君にバレないようにこっそり拭った。

「まったく、生きてると色々あるなあ」

渋い顔でずっと首をかいている彼の真似をして、私も首に指を当ててみる。

「色々あるね。でも、一緒に頑張っていこうね」

「うん、優羽と一緒にやっていくよ」

ふたりで手を握って、笑い合う。

俊矢君も一緒に頷いているかのように、紫色のコスモスが風で揺れた。

エピローグ　もうひとつの、「たったひとりの君へ」

病室で薬を飲んだ俺は、いつもの真っ白な部屋にいた。ここで俺は、ずっと眠ることになる。

この水槽のような箱に入って横になったら、その後は目が覚めることはない。怖いような気もするけど、いざ寝てしまったらそんな恐怖心もなくなるのだろうと思うとそれなりに心も安らいで、水槽に入って静かに眠りに就いた。


どのくらい寝ていたか分からない。そんな俺を、急に揺すってきた人間がいた。

「おい、起きろ」

「ん、ん……」

「よお、そこから出てくれるか？」

「……え？」

俺を起こしたのは、水槽の前に立っていた俊矢だった。この部屋で彼と話すのは二回目。昨日、父親と会ったときには俺から呼びかけたけど、今日は俊矢の方から話しかけてきた。最後だから特別に挨拶、ということなのだろうか。

言われた通りに水槽から出て机まで行くと、彼は不敵に笑い、さっきまで俺が入っていた場所を見遣る。そして、思いもよらないことを口にした。

「オレが眠るから、朔也は起きてていいぞ」

「……は？　俊矢が眠る？　いや、だって、俺が薬で眠ることに――」

「だーから、それをオレが引き受けるって言ってんだよ。そうすればお前はもとのまま。この体も土元朔也のまんまだ」

気怠そうに俊矢は言う。その目は、とっくに覚悟を決めているようだった。

「なんだよ、随分と微妙な表情してんな」

「いや、急に言われたからさ……」

俺の顔を指差し、彼は呆れたように苦笑する。驚きと当惑で自分の表情が強張っていることは、よく分かっていた。

「嬉しくないのか？」

「いや、嬉しいよ。嬉しいに決まってるけど、なんでだ？　なんで俊矢が、俺のこと……」

「気にかけるのかって？」

少しだけ名残惜しそうに後ろにあった机を撫でながら、俊矢は口角を上げた。

「そんなの、守るために生まれてきたからに決まってるだろ」

そして、俺の目をまっすぐに見ながら話し始めた。

「オレはさ、この人格として生まれたときから当たり前のように、『朔也をどうやって助けるか』ってことばっかり考えてたんだよ。どうやったら父親から守れるか、この部屋でも交代して現実世界に行ったときも、いつも考えてた。だからあの父親に必死に抵抗したし喧嘩も売ったよ。結果的にだいぶ口が悪くなっちゃったけどな。そういや、それだけは心配だったな。俺が反抗的だったせいで、朔也への当たりが強くなってなかったかって」

「いや、それは大丈夫、だと思う」

俊矢の態度がどう影響したかは分からないけど、俺がしんどいときに代わりに父親の対応をしてくれただけで十分救われた。

「それで、小五になって離婚することになったとき、もうオレは消えることになるだろうと思った。役目は果たしたからな。でも、朔也がオレにこの部屋で呼びかけてくれたんだよ」

「え、俺が?」

「ああ。『いなくなるのは不安だから、大丈夫になるまでそばにいてほしい』って。父親の記憶がフラッシュバックしたりしてたのかもな。オレも、そんな風に頼んでもらえるなら、まだ見守ってなきゃいけないと思ったんだよ」

彼の話を聞きながら、あまりの驚きで瞼が(まぶた)ピクピクと動いているのが分かる。

人格が残る理由について、医者が「強い想いがあると残ることがある」と言っていたっけ。俺自身は記憶にないけど、ここで話すのは三回目だったらしい。初めてのとき、俺が「消えないでほしい」と強く願ったから、俊矢も居続けてくれたのか。

そういえば、優羽に聞いたことがある。俊矢はよく彼女に、俺が元気かどうか尋ねていたと。それも、ずっと俺を見守って、心配していたからかもしれない。

「でもさ」

部屋の四方を見渡しながら、俊矢は俺と間合いを詰め、再び話を続ける。

「昨日父親と会ったとき、朔也が『出てこないで』『俺に話させてほしい』ってオレに伝えてくれただろ。それで、朔也のままでちゃんと会話することができてた。あれを見て、もうオレがいなくても大丈夫だと思ったんだよな」

「あのとき……」

俺が独力で父親と向き合いたいと願ったこと。俊矢にはそれが、「大丈夫になるまでそばにいる」という約束を果たしたと感じる契機となった。

「それに、ちゃんと明橋に想いを伝えられただろ。ずっと自分のことを中途半端な存在だと思って閉じこもってたお前が、消えると分かっててもちゃんと告白できてさ。なんかオレは嬉しかったね。朔也はひとりでやっていける、役目は無事に終えたなって感じたよ」

そう言って満足気に笑う俊矢は、弟の成長を見守る兄のような表情だった。

「朔也が消えることを怖がってるのも知ってたし、もともとこの体はお前のものだしな。だから、オレが消えればいいかなって」

「でも、俊矢が消えることは――」

そう言いかけた俺に対して、俊矢は急に真顔になり、俺の肩を強い力で掴む。

「じゃあ消えてもいいのか？　二度と戻れなくても？」

「それは……」

「お前はあっちの世界にいろ。消えるのはオレでいい。オレは劣化コピーだからな」

軽い冗談でも言ったように、俊矢はクックッと笑った。そして、俺を押しのけて水槽の前まで来て、入る直前に振り向く。目つきの悪い、いつもの表情のまま。

「今まで楽しかった。最後は学校も行けたし文化祭もやってみたし、満足だよ。ありがとな。でも、」

人差し指を目元に当てて、グイッと横にこする。それはまるで、涙でも拭うかのように。

「でも、オレも……俊矢っていう存在も、世界中のここにしかいないから、たまに思い出してくれると嬉しいな」

彼の泣き顔を初めて目にした瞬間、俺は彼のもとに駆け出していた。

「俊矢は劣化コピーじゃない！　ちゃんとした、もうひとりの俺だよ」

同じ体格の、同じ顔の彼をグッと抱きしめる。

「本当にありがとう。俺がこうやって生きてこれたのは、俊矢がいたからだから。絶対に忘れない。それに、完全に消えるわけじゃないだろ？　ずっと俺の中で寝てるだけなんだろ？　なら、ずっと一緒だから」

「……ありがとな、そう言ってもらえて幸せだよ」

照れ笑いを隠しながら俊矢は俺の体を押して離れる。そして水槽に両足を入れながら、思い出したように「そうだ」と呟いた。

「明橋によろしく伝えてな。これからも朔也のこと面倒見てやってくれって」

「優羽に？」

「ああ。アイツも、オレのことをひとりの人間って認めてくれたからな。オレにとっても特別なアイツと結ばれたんだから、ふたりとも悲しませたくないんだよ。だからオレが寝るのはアイツのためでもあるんだ」

「お前、それって……」

続きを言おうか迷っていると、俊矢はなにかに気付いたかのように目を大きく見開く。そして、今までこの部屋で見た中で一番優しい表情になって、目を瞑った。

「そうか……これが恋ってやつなのかもな。ははっ、最後に知れてよかった」

そのまま楽しそうに座り込み、俺に視線を向ける。

「じゃあな、朔也」

「うん、じゃあな」

相棒が横になるのを見届けた後に、部屋の真ん中の椅子に座った。

「ありがとう、俊矢」

もう一度だけお礼を言いながら、ゆっくりと目を瞑る。

頭に浮かんだのは、公園のベンチで微笑んでいる優羽の顔。

もうひとつも後悔しないように、土元朔也として生きると決めて、俺の意識は病室へと戻った。


(了)

あとがき

まずは本作を手に取ってくださり、ありがとうございます。楽しんでいただけましたか？　少しでも胸に残るものがあれば、望外の喜びです。

この作品は「これまでの青春小説とは少し違う形の『お別れ』を描いてみたいな」という着想から始まりました。死んでしまう、記憶が無くなってしまうなど、色々な別れをテーマにした作品がありますが、例えば人格そのものが上書きされるとしたら、しかもそれが「もう一人の自分」だとしたら……そんなアイディアを膨らませていくうちに、朔也と俊矢が生まれました。

一方の優羽は、姉と自分を比較して「どうせ自分なんて」と落ち込んでしまうヒロインです。まったく同じケースではないかもしれませんが、誰しも思い当たるフシはあるのではないでしょうか。兄・姉の方が優秀だったり、弟・妹の方が上手だったり、あるいは親友だけが良い評価をもらったり……。共感し、応援したくなるようなヒロインになるといいな、と願いながら書き進めていきました。

朔也と優羽、「自分はこの世界にたったひとりだ」と思えない同士が出会い、惹かれ合い、「自分探し」をしていきます。不器用なふたりを、見届けてあげてください。

最後に、簡単ではありますが謝辞を。

　本作を出版するにあたって、多くの方々に多大なお力添えを頂きました。まずは編集の三井様、ならびに改稿にご協力くださった妹尾様。初めて青春恋愛の長編を出すことになった私を丁寧に導いていただき、心より御礼申し上げます。次に、装画を担当頂いたイラストレーターのふすい様。あまりにも著名で憧れの方に担当いただくことになり「ふすい、さん……？」とメールを二度見したのを覚えています。素晴らしい表紙のおかげで、手に取っていただいた方に優羽と朔也のイメージ、そしてこの作品の雰囲気をまっすぐに皆さんに届けることができました。そして、朔也と出会う前の優羽と同じように、すぐにくよくよして「人生なんとかやっていこう」と呟いている私を支えてくれている作家仲間の皆さん、大事な友人や家族……たくさんの人とのご縁で、この本はできあがりました。深く感謝申し上げます。

　そして何より、このお読みいただいた読者の皆さま。皆さまが本やＷＥＢで文章を、小説を楽しんでくれるからこそ、作家を続けることができます。本当にありがとうございました。

　それでは、またどこかでお会いできることを祈りつつ。

六畳のえる

六畳のえる先生へのファンレターのあて先
〒104-0031　東京都中央区京橋1-3-1　八重洲口大栄ビル7F
スターツ出版（株）書籍編集部 気付
六畳のえる先生

今夜、消えゆく僕からたったひとりの君へ

2023年4月28日　初版第1刷発行

著　者　　六畳のえる　

発 行 人　菊地修一
デザイン　カバー　長﨑綾（next door design）
　　　　　フォーマット　西村弘美
発 行 所　スターツ出版株式会社
　　　　　〒104-0031
　　　　　東京都中央区京橋1-3-1　八重洲口大栄ビル7F
　　　　　出版マーケティンググループ　TEL 03-6202-0386
　　　　　（ご注文等に関するお問い合わせ）
　　　　　URL　https://starts-pub.jp/
印 刷 所　大日本印刷株式会社

Printed in Japan

ISBN　978-4-8137-1423-1　C0193

スターツ出版文庫　好評発売中!!

『5分後に世界が変わる』

隣の席で補習を受ける気になる男の子は幽霊？（『十分間の夏休み』）踏切の前で自殺を試みる私の前に現れたのは死神？（『死に際の私』）もらったラブレターの差出人は最先端のAI？（『FROM.AI』）など、全作品気になる展開にあっという間の5分！　そして、ぶわっと泣けて、うわっと驚き、最後はさらなる予想外の結末！　主人公の状況が、考えが、そして世界が、180度反転する。どこから読んでも楽しめる、朝読、通学や通勤、就寝前、あなたのすき間時間に没頭できる全16編の超短編小説を収録！

ISBN978-4-8137-1413-2／定価737円（本体670円+税10%）

『きみが明日、この世界から消えた後に～Nanami's Story～』　此見（このみ）えこ・著

病弱な七海は、ずっと幼馴染の幹太に支えられてきた。だけどいつしか幹太といると、自分が弱い人間だと思い知らされるようで、息苦しくなっていき──。そんな中、七海の前に現れたのは、同じように病に苦しんだ過去のある卓だった。沢山のことを病気のために諦めてきた七海に「もし明日死ぬとしたら、それでも諦める？」と、卓が背中を押してくれて…。七海は徐々に新しいことに挑戦するようになるが、その矢先、体調を崩し倒れてしまい──。七海の隠された想いに、ラスト涙が止まらない、青春感動作！

ISBN978-4-8137-1410-1／定価671円（本体610円+税10%）

『鬼の生贄花嫁と甘い契りを四～偽りの花嫁と妖狐たち～』　湊祥（みなとしょう）・著

出会った日から変わらずに鬼の若殿・伊吹に花嫁として一心に愛される凛。ある日、商店街の福引きで旅行券を当てて、妖狐が住まう九尾島へ行くことに。旅先で凛がひとりになったときに、たまたま迷子の幼い妖狐と出会う。凛が助けようとすると、追手に誘拐されてしまい、目覚めるとそこは巨大地下空間だった──。地下に囚われ、なんと首謀者は自分が鬼の花嫁だと偽る謎の存在で…⁉　なんとか逃げ出そうと奔走する凛のもとに伊吹が現れ…「俺の花嫁は絶対に渡さない」超人気和風あやかしシンデレラストーリー第四弾！

ISBN978-4-8137-1411-8／定価704円（本体640円+税10%）

『黒狼の花贄～運命の血を継ぐ少女～』　結木（ゆのき）あい・著

妖の好む血を持つ香夜は、妖に捧げられるためだけの存在・『花贄』として疎まれ虐げられ育った。ついに生贄として捧げられるその日、香夜の前に現れたのは妖の頂に立つ冷酷な黒狼・識。麗しく色気溢れる男だった。生贄として血肉を喰らわれ死ぬ覚悟する香夜。しかし、「もう大丈夫だ。お前を迎えに来た」と識は愛でるように優しく香夜に触れ、求め、愛を露わにして──。生まれて初めて触れる識のあたたかな感情に香夜もまた、惹かれていく…。和風シンデレラファンタジー。

ISBN978-4-8137-1412-5／定価693円（本体630円+税10%）

書店店頭にご希望の本がない場合は、書店にてご注文いただけます。